LA MARQUE DU LOUP

UNE ROMANCE SAUVAGE

GRACE GOODWIN

La marque du loup : Copyright © 2017 par Grace Goodwin

Tous droits réservés. Aucune partie de ce livre ne peut être reproduite ou transmise sous quelque forme ou par quelque moyen que ce soit, électrique, numérique ou mécanique, y compris, mais sans s'y limiter, par photocopie, enregistrement, numérisation ou par tout type de système de stockage et de récupération des données, sans l'autorisation expresse et écrite de l'auteur.

Publié par Grace Goodwin KSA Publishing Consultants, Inc.

Goodwin, Grace
La marque du loup

Design de la couverture © 2017 par KSA Publishing Consultants, Inc.
Photo de la couverture © canstock : arturkurjan ; GraphicStock

LE TEST DES MARIÉES
PROGRAMME DES ÉPOUSES INTERSTELLAIRES

VOTRE compagnon n'est pas loin. Faites le test aujourd'hui et découvrez votre partenaire idéal. Êtes-vous prête pour un (ou deux) compagnons extraterrestres sexy ?

PARTICIPEZ DÈS MAINTENANT !
programmedesepousesinterstellaires.com

BULLETIN FRANÇAISE

REJOIGNEZ MA LISTE DE CONTACTS POUR ÊTRE DANS LES PREMIERS A CONNAÎTRE LES NOUVELLES SORTIES, OBTENIR DES TARIFS PREFERENTIELS ET DES EXTRAITS

http://gracegoodwin.com/bulletin-francais/

1

ily

MES OREILLES BOURDONNAIENT de ce petit bruit étrange que j'entendais toujours quand j'étais observée. Je jetai un œil dans les rétroviseurs et poussai la voiture jusqu'à cent quarante. Ce qui était stupide. Il n'y avait personne ici. Même si je ne savais pas vraiment où je me trouvais. J'étais à plus de mille cinq cents kilomètres de chez moi, à conduire une voiture qui n'était pas la mienne. L'Idaho était ce qui me semblait le plus éloigné d'East Springs, dans le Tennessee, sans non plus ressembler aux villes surpeuplées de la côte ouest. Car ça, c'était hors de question pour moi. Il y avait bien trop de gens et bien trop d'eau.

Je n'aurais jamais pensé que je m'enfuirais un jour de chez moi, en tout cas, pas à vingt-et-un ans passés. Mais pourtant, c'était exactement ce que j'étais en train de faire. Même si ce n'était pas vraiment chez moi que je cherchais à fuir, mais *lui*. Robert Nathanial Howard, troisième du nom.

« Connard. »

J'allumais la radio à fond pour étouffer mes souvenirs. Non, il ne m'avait pas violée, mais il avait eu bien du mal à comprendre quand je lui avais dit non, que je ne voulais pas et que je voulais qu'il arrête. Il avait ralenti, s'était reculé et m'avait regardée comme si je lui mentais. Il m'avait raconté je ne sais quelles conneries sur le fait qu'il avait senti que j'avais changé, comme s'il parlait à une gamine de treize ans, venant juste d'atteindre la puberté.

Peu importe. Rien n'avait semblé le convaincre, jusqu'à ce que je lui dise que mon grand-père le tuerait s'il continuait. Ça l'avait bien calmé, il avait remballé sa bite et s'était relevé de moi comme s'il avait le feu au cul.

Tout le monde à East Springs avait peur de ma famille, surtout de mon grand-père. Une peur étrange et disproportionnée. Quant à moi, je n'avais jamais cherché à savoir pourquoi. Grand-père dirigeait la ville et c'était très bien comme ça. C'était comme ça que ça avait toujours été. Ma mère était morte et j'étais seule avec lui désormais. Nous n'étions pas du genre à nous faire des câlins. Absolument pas. C'était un homme froid, distant, avec des yeux bleu glacier et un caractère que j'évitais de contrarier. Et je n'étais pas la seule, absolument *personne* se s'amusait à le contrarier.

Pire encore, être ainsi à ses côtés me rappelais douloureusement ma mère. Et vu que je lui ressemblais beaucoup physiquement, il devait ressentir la même chose lui aussi. Depuis sa mort, quelques années auparavant, grand-père et moi passions notre temps à nous éviter mutuellement. Mais nous n'avions pas à chercher bien longtemps pour nous souvenir de ma mère. Tout ce que nous avions à faire, c'était nous regarder dans le miroir et ses yeux bleu glacier nous regardaient en retour.

Mais Grand-père était toujours là pour moi, que je le veuille ou non. Il dirigeait la ville et dirigeait aussi ma vie en quelque sorte. Même aujourd'hui, à plus de mille cinq cents kilomètres de distance, il trouverait un moyen de me surveiller. C'était toujours comme ça. Donc, il n'y avait rien d'étonnant à ce qu'il ait su que Robbie avait été un peu trop insistant avec moi, même si de mon côté, je n'en avais parlé à personne.

À East Springs, les gens se mettaient en couple jeunes. Trop jeunes, à mon goût. La plupart des femmes semblaient possédées par le démon de la luxure aux alentours de dix-neuf ans. C'était complètement fou. Moi, il semblait que j'avais échappé à ça. Pour l'instant. Sauf que si je n'avais pas réussi à arrêter Robbie, j'aurais été forcée de me mettre en couple avec lui, que je le veuille ou non. Et je n'allais pas me mettre avec un mec, juste parce qu'il avait réussi à me prendre de force.

Pas que Robbie fut quelqu'un de si terrible que ça. Il était magnifique, comme la plupart des hommes de ma ville d'ailleurs. Il mesurait plus d'un mètre quatre-vingt, avait un beau visage bien dessiné, des muscles partout où il fallait et des yeux qui semblaient sonder jusqu'à mon âme. Mais il n'était pas fait pour moi. Je ne savais pas encore ce que je voulais, tout ce que je savais, c'était que je ne le voulais pas *lui*.

Depuis mon seizième anniversaire, j'avais l'impression d'être observée en permanence, comme si les autres membres de ma famille s'attendaient à ce qu'une bombe hormonale explose en moi en me transforme en folle de sexe, comme certaines de mes plus jeunes cousines. Peut-être que Robbie aurait eu plus de chance. Peut-être que j'aurais été tellement excitée, que le choix du partenaire n'aurait plus eu la moindre importance.

Je n'étais pas prude pour autant, j'avais un peu flirté, mais je n'avais jamais ressenti ce désir intense, ce sentiment de luxure absolue que mes amies décrivaient. À cause de cela, je me suis toujours dit qu'il y avait quelque chose qui clochait chez moi. J'aimais sortir avec des garçons, oui, mais ce n'était pas du tout une obsession pour moi. Avec Robbie j'avais essayé, vraiment essayé, mais la sensation de sa langue qu'il fourrait dans ma bouche, me donnait la nausée et ses mains sur ma peau, me donnaient des frissons d'horreur. Et qu'en avais-je retiré ?

« Un œil au beurre noir pour mauvais comportement. »

Je vérifiai l'étendue des dégâts dans le rétroviseur central. La contusion qui tirait désormais sur le verdâtre et le jaunâtre, s'était presque complètement résorbée. La fine couche de maquillage que j'avais appliquée dessus finissait de la dissimuler. J'avais été stupide de courir ainsi dans le noir complet. Le médecin m'avait dit que j'avais eu de la chance de ne pas y laisser mon œil. Robbie m'avait accompagné en boudant, bouillant de rage. Bien évidemment, le médecin n'avait pas cru que je m'étais fait ça toute seule. Il était persuadé que mon petit ami m'avait frappée et que je le couvrais.

Comme si nous avions ce genre de relation. Ça ne m'a pas empêchée de jubiler de le faire souffrir ainsi.

Un peu de maquillage et il n'en paraissait plus rien, j'avais toujours une bonne tête et même encore plus, depuis que j'avais mis deux fuseaux horaires entre cet abruti et moi. Le soleil m'avait rosi les joues. Mes yeux brillaient d'un éclat qui n'était plus dû à la rage, je me sentais libre. Heureuse.

Si j'avais cédé à mes pulsions et fait à Robbie ce que j'avais vraiment eu envie de lui faire quand il était sur moi, je serais assise dans une cellule de prison en ce moment même. Heureusement, j'étais vraiment très douée pour contrôler mes émotions. Ma mère y avait veillé, depuis mon plus jeune âge. *Une Windbourn ne perd jamais son sang-froid.*

Il existait des tas de règles du même genre. Ne perds pas ton sang-froid. N'attire pas l'attention sur toi en public. Ne cours pas trop vite. Ne fais pas de sport. Des interdictions et encore des interdictions.

« Ne sors jamais avec un membre de la famille Howard. » ajoutai-je. Je n'avais pas respecté cette dernière règle et regardez où cette fantastique petite aventure m'avait menée.

La famille Howard était très riche et vivait plus au nord. Ils possédaient pratiquement la totalité de la petite ville dans laquelle ils s'étaient établis, tout comme les Windbourn possédaient East Springs. Et la rivalité entre les deux familles remontait à aussi loin que je me souvienne. Plus loin même. Notre lycée détestait le leur, notre maire ne pouvait pas voir le leur en peinture. C'étaient des querelles très intenses, du genre de celles que l'on ne trouve que dans les petites villes. Quant à moi et Robbie ? Ça faisait très Roméo et Juliette... enfin sans Roméo, ni Juliette. Je m'en étais assurée. Je trouvais la situation tellement ridicule.

D'accord il était sexy, des beaux muscles, des cheveux sombres et un visage de dieu grec. Il avait toujours eu les mots justes, la bonne attitude. Jusqu'à ce qu'il se retrouve sur moi. À ce moment-là, quelque chose en moi avait semblé rugir, non pas de désir, mais de tout autre chose.

Je n'avais encore jamais rien ressenti de la sorte et franchement, la férocité de ma réaction m'avait terrifiée.

J'avais eu envie de le tuer. Et pas d'une manière douce en plus, j'avais eu envie de lui crever les yeux et de lui ouvrir la gorge à coups d'ongles.

Une réaction qui me paraissait disproportionnée, face à quelqu'un que j'avais moi-même *invité* dans mon lit. Je l'avais fait en partie pour me tester, car j'avais la triste réputation d'être une sorte de sorcière frigide, et en partie pour défier Grand-père et son armée d'espions qui me suivaient comme mon ombre depuis la mort de ma mère et qui me surveillaient comme si j'étais une bombe à retardement.

J'avais vraiment essayé de désirer Robbie. De toutes mes forces. J'avais tout fait, mais il y avait toujours quelque chose qui *clochait*. J'aurais voulu que mon cœur s'emballe. J'aurais voulu me sentir sauvage, désespérée, déchaînée. Je voulais goûter à la passion, telle que mes amies la décrivaient et que je savais exister quelque part, avec la bonne personne. Je voulais ressentir tout cela et j'avais espéré que Robbie soit le bon pour ça. Mais ça aurait été trop simple.

Tant pis. Ce n'avait pas été si terrible. Me dévergonder un peu avait été sympathique. Seulement sympathique. Mais pendant tout ce temps, je n'avais fait que penser à ma demande d'inscription à l'université Lewston et Cooke, me demandant je serais acceptée et si les cousins de mon père habitaient toujours dans les environs. Robbie me touchait, m'embrassait, pressait son corps dur contre le mien, m'enfonçant dans le matelas et pendant tout ce temps, je me demandais comment je m'en étais sortie à l'exam de maths.

Ce qui étais complètement fou.

Un lapin s'approcha du bord de la route et me voyant approcher, fila se cacher dans la forêt épaisse qui bordait la route. Je repris le fil de mes pensées. Sympa. Je ne voulais pas de quelque chose de sympa. Je voulais plus. Je voulais *tout*. Sentir ma peau collée par la transpiration, les souffles qui se mêlent, les caresses brûlantes et les plus douces, les promesses murmurées. Un plaisir étourdissant. C'était là, quelque part, avec quelqu'un que je n'avais pas encore rencontré. Je posai mes doigts sur ma joue presque guérie. En tout cas, pas avec Robbie et encore moins à East Springs.

Je ressentis un frisson le long de ma colonne vertébrale et j'eus la chair de poule malgré le soleil brillant entre les frondaisons. J'avais décapoté la voiture et mes cheveux bruns volaient dans tous les sens derrière moi. Le soleil chauffait ma peau, mais je sentis un frisson me parcourir, quand je crus voir une ombre courir à mes côtés dans les bois longeant l'autoroute.

Mais c'était totalement impossible, non ? Rien ne pouvait courir aussi vite.

Effrayée et me sentant un peu bête d'être aussi émotive, j'accélérai tout de même jusqu'à cent, soulagée de voir un panneau m'indiquant mon arrivée prochaine à Black Falls. Il ne me restait plus que huit kilomètres à parcourir. Ce qui voulait dire que dans moins de dix minutes, je pourrais sortir de cette voiture, m'étirer les jambes, me trouver un hôtel et me prendre une bonne douche bien chaude. *Clonk. Clonk. Clonk.*

« Quoi encore ? »

La voiture fit une embardée et je dus serrer le volant de toutes mes forces pour l'empêcher de quitter la route et me retrouver dans le fossé.

Ayant lâché l'accélérateur, je réussis tant bien que mal à la guider sur le bord de la route. Quand je parvins enfin à l'arrêter, il me fallut quelques secondes pour reprendre ma respiration et retrouver un rythme cardiaque normal. Jurant tout bas, je sortis de la voiture et commençais à en faire le tour.

Le pneu avant droit était plat comme une crêpe et ça faisait dix bonnes minutes que je n'avais croisé aucune autre voiture. J'étais seule, dans le trou du cul du monde.

« Merde, merde, merde ! »

Je n'étais vraiment pas d'humeur pour un truc pareil. D'accord, je pourrais réussir à changer une roue toute seule, mais je portais une petite robe et mes toutes nouvelles sandales blanches. En plus, je m'étais vernis les ongles des mains et des pieds d'un rose vif assorti et je n'avais aucune envie d'arriver dans ma nouvelle ville, pour découvrir ma nouvelle école et ma nouvelle vie, toute sale et recouverte de cambouis.

Les mains sur les hanches, je regardai dans toutes les directions. Rien.

Me penchant sur la portière fermée, j'attrapai mon téléphone portable que j'avais posé dans le porte gobelet.

Raté. Aucun réseau. Je regardai autour de moi. Des arbres à perte de vue. Aucun réseau, ça voulait dire que je ne pourrais même pas m'offrir le luxe d'un remorquage.

En plus, mon pneu de rechange était dans le coffre, enfoui sous toutes mes affaires.

Jetant mon portable sur le siège passager, je me retournai et m'adossai contre la voiture.

« C'est un cauchemar. »

Je ne pleurerais pas. Non.

Une Windbourn ne montre jamais ses faiblesses en public. Ne pleure pas ma chérie. Ne pleure jamais s'ils peuvent te voir.

Bon dieu, combien de fois avais-je entendu ma mère me répéter ça ?

Suffisamment apparemment, vu que mon envie de pleurer disparut dans l'instant. En soupirant, je fis le tour de la voiture, enlevai les clés du contact et ouvris le coffre. Si je devais tout sortir, mieux valait commencer tout de suite.

« Vous avez besoin d'aide ? »

La voix était grave, masculine et me parcourut de part en part, comme un courant électrique. Je sursautai et me cognai la tête contre le haut du coffre, avant de pivoter lentement pour me retrouver face à face avec l'homme le plus sexy que je n'avais jamais vu.

Il devait dépasser le mètre quatre-vingt-dix, avec des cheveux brun doré et des yeux couleur ambre qui me fixaient avec intensité. Il n'était pas en train de me mater, il me regardait simplement droit dans les yeux. Mais je ne sais pas pourquoi, ça ne fit pas la moindre différence. J'eus la sensation, qu'il était très clairement conscient de la moindre parcelle de mon corps, sans même avoir besoin d'y poser son regard.

« Je... euh. J'ai un pneu crevé. »

J'essayai de regarder aux alentours, mais je ne vis ni voiture, ni camion, ni moto, rien. Que faisait-il ? Il courrait, au milieu de nulle part ?

« Où se trouve votre voiture ? »

Il se mit à rire et je lui souris malgré moi en retour. Il enfonça ses mains dans ses poches, prenant une pose décontractée.

« Il y a un super endroit pour pêcher, juste derrière cette butte. » Il me désigna l'endroit du menton. « J'ai entendu votre radio, puis le bruit du pneu qui a éclaté. Je me suis dit que vous auriez sûrement besoin d'un peu d'aide. »

Oh. Merde. Il m'avait entendue chanter les chansons de Taylor Swift à tue-tête ? Je me sentis rougir, mais il n'y avait rien que je puisse y faire. De plus, ma mère ne m'avait jamais inculqué de règles concernant les Windbourn et la musique.

« Je peux vous aider à changer votre pneu, ou je peux appeler mon cousin Drake et il pourra vous remorquer.

- Il n'y a pas de réseau, » bafouillai-je.

Son corps, long et bien musclé était mis en valeur par un jean usé parfaitement bien taillé. Il moulait ses hanches, ses fesses et son, euh… paquet, plutôt imposant. En réalisant que c'était moi qui étais en train de le mater, j'arrachai mon regard de son ventre plat, son torse puissant et ses épaules larges. Un t-shirt noir tout simple ne devrait pas être aussi sexy. Ni même ses bras musclés et ses grandes mains.

Des grandes mains, ça voulait dire…

« Sinon, vous avez un cric ? » demanda-t-il.

Je reportai mon regard vers le sien et vit ses lèvres pleines esquisser un petit sourire. Ouaip, il m'avait vu le dévisager et mes joues devaient sûrement être du même rose vif que ma robe.

Alors que j'inclinais la tête sur le côté, ne sachant pas trop la réponse, il s'avança vers moi et me tendit sa main. Pendant une fraction de seconde, j'aurais pu jurer que ses yeux couleur ambre étaient devenus brun foncé.

« Je m'appelle Kade. »

Je savais que je n'aurais pas dû, mais j'avais pourtant une folle envie de toucher sa peau. Je voulais voir à quel point ses mains étaient grandes par rapport aux miennes. Je voulais qu'il me touche et je me demandais si j'allais me sentir petite et féminine. Protégée en quelque sorte. Je posai ma main dans la sienne et ce fut comme si mon corps entier reprenait vie tout à coup.

Cette bombe hormonale que tout le monde attendait de voir exploser ?

Boum.

« Lily…Lily Windbourn. »

2

ade

Putain. Sérieusement ? Une Windbourn ? Ici ? Sur le territoire des Black Falls ?

Tu m'étonnes qu'elle m'ait attiré comme un aimant et que je n'aie pas pu m'empêcher de suivre sa voiture qui roulait le long de la forêt. J'avais senti son odeur avec une grande facilité et il n'y avait pas de mystère à ça, elle conduisait une putain de décapotable. Une odeur de shampooing mêlant pêche et vanille et quelque chose d'autre aussi, quelque chose que je ne saurais définir et qui lui était *unique*.

Ses longs cheveux bruns, ébouriffés par le vent, tombaient en cascade dans son dos. Ses joues étaient rosies par le soleil et j'avais une irrépressible envie d'embrasser ses lèvres pleines. Et ses yeux. Putain, ses yeux étaient si clairs, si brillants et je pouvais y lire un mélange d'inquiétude et de curiosité. Elle semblait intéressée, mais si je n'avais pas senti son odeur et la bouffée soudaine de désir qui se dégagea d'elle, je n'aurais jamais pu le savoir avec certitude. Sa louve en tout cas ne s'était pas présentée. Car si elle l'avait fait, elle serait actuellement pliée en deux sur le capot, sa jolie petite robe relevée jusqu'à la taille et ma bite profondément enfoncée en elle.

J'avais envie de hurler. Mon loup la désirait et remonta même tout près de la surface pendant quelques instants. Oh oui, je la désirais. J'avais envie de la toucher, de la goûter et de l'entendre gémir mon nom pendant que je la besognerais avec ma...

On se calme. Pas question de se laisser aller, surtout pas avec elle. Je dus mettre une main devant mon entrejambe pour lui cacher l'effet qu'elle me faisait. Un désir intense. De la pure envie. Une pulsion incontrôlable qui me donnait envie de la mordre, de la marquer, la faire mienne. L'envie de la posséder, de la revendiquer comme mienne, était incroyablement intense et faisait rage sous mon crâne, si forte que j'avais du mal à me concentrer pour lui faire la conversation.

Mais que m'arrivait-il ? Ce n'était pas la première fois que je ressentais du désir pour une femme, j'avais toujours pu sentir quand elles étaient intéressées, mais là, c'était différent. Non, là, je pouvais pratiquement la goûter. Ma bouche salivait à cette perspective. Je commencerais par ses lèvres, puis plus bas. Ses tétons, qui pointaient fièrement sous le fin tissu de sa robe rose. Et plus bas encore, juste entre ses cuisses.

Ouaip, j'avais envie de bouffer la chatte d'une putain

de Windbourn. Les Windbourn étaient la plus puissante famille de loups-garous de tout l'est et peut-être même du monde entier. Que faisait-elle ici ? On était en plein territoire des Black Falls. Nous contrôlions toute cette zone. Mais à quoi pensait leur alpha en l'envoyant ici toute seule ? Avait-elle au moins la permission de se trouver ici ? Ou la conduire en ville risquait-il me m'attirer tout un tas de problèmes ?

C'était une question stupide. Évidemment que ça m'attirerait des problèmes. Elle sentait divinement bon, une odeur douce, puissante, prête à cueillir. Heureusement, je l'avais sentie en premier et j'étais le premier sur les lieux. Car une fois que les autres mâles célibataires des environs auraient eu vent de cette douce odeur de pêches vanillées, je ne serai plus le seul à être intéressé. Ce qui signifiait également que je devrais probablement me battre pour obtenir le droit de la posséder sous la pleine lune, prendre soin d'elle et lui donner du plaisir, lorsque son corps subirait le choc sensuel de l'Éveil et d'une première transformation.

Quand même cette pensée, ne suffit pas à calmer mon loup, je sus que j'étais déjà dans les problèmes jusqu'au cou. Merde.

Je ne pouvais pas la toucher. Pas ici. Pas maintenant. Le protocole de la meute stipulait qu'il fallait d'abord que je la revendique lors d'une cérémonie officielle, où tous les autres prétendants seraient présents pour lui offrir leurs odeurs et leur protection. Mais d'après la douce odeur qu'elle émettait et la lueur d'intérêt que je voyais poindre dans ses yeux, je savais que j'avais toutes mes chances. Sa louve était silencieuse pour le moment, mais elle n'allait pas le rester très longtemps. J'avais l'impression qu'elle était sur le point de s'éveiller. Il ne manquait pas grand-chose, à en juger par l'effet que je lui faisais. En me basant sur l'odeur que je percevais, j'aurais parié que sa petite culotte était déjà trempée. Mon loup adorait ça, elle semblait très réactive. Et quand sa louve se manifesterait ? Je m'arrangerais pour qu'elle joue avec moi et avec personne d'autre. Avec ou sans cérémonie.

« Vous allez jusqu'où ? » demandai-je en essayant de garder son regard sur mon visage et éviter qu'il ne descende vers ma verge bandée.

Car si elle regardait par-là, elle ne pourrait pas manquer de remarquer la bosse bien visible qui déformait mon vieux jean.

« Black Falls. Je commence les cours à Lewiston et Cooke la semaine prochaine. »

Mou loup se calma, heureux de savoir qu'elle avait prévu de rester dans le coin et se préparant à attendre le moment propice pour la revendiquer. Jamais auparavant, je n'avais ressenti le désir de marquer une femme et la sensation était très puissante, contractant mes mâchoires et me causant une douleur soudaine dans les canines. Elle serait juste à quelques kilomètres de là, à l'école. J'avais le temps. Je pourrais veiller sur elle et la protéger des dangers – et des autres loups célibataires – jusqu'à ce qu'elle soit prête. Jusqu'à ce que le temps soit venu de la faire mienne.

Mienne ? Mais d'où diable me venait ce désir ?

Le loup en moi gloussa et repris sa pose attentive.

Mienne. Mienne. Mienne. Mon loup ne semblait n'avoir plus qu'une idée fixe, poussé par son instinct et laissant de côté toute logique. Car oui, il avait bien l'intention de se l'approprier, de la posséder. C'était la manière de faire directe des loups. J'en avais déjà entendu parler, des amis m'avaient raconté ce qu'ils avaient ressenti quand ils avaient rencontré leur compagne, mais...

Compagne ? Venais-je de penser à elle en tant que compagne ?

« Merde.

— Pardon ? »

Elle sursauta de m'entendre jurer tout à coup et je m'excusai rapidement.

« Non, rien, je suis désolé. Ce n'était pas pour vous. Plus vite nous nous occupons de ce pneu et plus vite vous pourrez arriver en ville, Lily. »

Je prononçai son nom pour la première fois et je n'avais qu'une hâte, le redire, encore et encore, en m'enfonçant tout au fond d'elle et en apposant ma marque sur son cou.

<><><>

Lily, une semaine plus tard

Je sentais ses mains sur moi, son membre dur qui se frottait contre ma jambe. Je me cambrai sous ses baisers qui atterrissaient sur la peau de mon ventre. Il descendit, de plus en plus bas, jusqu'à ce que j'écarte les cuisses. Je le fis de moi-même, sans qu'il n'ait besoin d'insister plus longtemps. Je le désirais. J'étais trempée pour lui. Je voulais qu'il sache que j'étais à bout et que je j'étais plus que prête. Je voulais sentir sa verge au fond de moi, je voulais qu'il me remplisse jusqu'à la limite de mes capacités. Je voulais qu'il jouisse en moi, qu'il m'inonde de sa semence. Qu'il me marque, qu'il me possède. Je voulais avoir la même odeur que lui.

« Oui, murmurai-je. Je t'en prie. »

J'avais dépassé le stade des supplications. J'en avais besoin.

Mais ce ne fut pas sa verge qui se glissa dans les replis humides de ma chair, mais sa langue. Il savait exactement ce qu'il faisait et ce dont j'avais besoin. Il lui suffit de me titiller de sa langue et je jouis. Aussi simple que ça.

« Oui ! » criai-je à nouveau.

Cette fois j'ouvris les yeux et me retrouvai dans ma chambre d'étudiante plongée dans l'obscurité. Je sentais l'air frais de la nuit rafraîchir ma peau couverte de transpiration. Ça effaça les restes de l'orgasme qui bourdonnait encore dans mon corps. Il n'y avait la tête de personne entre mes cuisses, seulement mes doigts. J'étais toute seule dans ma chambre et heureusement d'ailleurs, car je venais de faire le rêve érotique le plus intense de ma vie.

Ma chemise de nuit blanche était remontée au niveau de ma taille, j'avais les cuisses largement écartées et les draps étaient tout emmêlés. Ouais, si j'avais partagé une chambre double avec une colocataire, au lieu d'avoir atterri dans une chambre simple, elle n'aurait pas manqué de penser que j'étais une vraie nympho.

Pourtant, je n'avais jamais été comme ça auparavant. Jusqu'à ce que j'arrive à Black Falls. Mon dieu, dès la seconde où j'avais posé le pied dans ce dortoir, je m'étais transformée en vraie folle. Non ça ne datait pas de là. Tout avait commencé à la seconde où j'avais aperçu Kade sur le bord de la route. J'avais été instantanément attirée par lui et depuis, me faire jouir toute seule dans ma chambre n'atténuait pas l'intense désir que je ressentais. C'était de pire en pire et j'avais l'impression de devenir folle.

Il venait me voir tous les soirs, il m'emmenait dîner et se comportait comme un vrai gentleman. Mais ce n'était pas la galanterie qui me faisait envie ces temps-ci, j'aurais plutôt préféré qu'il me plaque contre un mur et qu'il me baise comme un fou furieux. Personne ne m'avait encore jamais fait cet effet-là. Je n'avais encore jamais désiré ce genre de choses. Mais depuis que j'avais rencontré Kade, mes tétons étaient toujours contractés d'excitation et commençaient à être douloureux à force de frotter contre le tissu de mon soutien-gorge. Je mouillais tellement que j'avais l'impression de me transformer en fontaine. J'avais déjà dû changer plusieurs fois de petite culotte. J'avais l'impression complétement folle de pouvoir sentir son odeur, à chaque fois qu'une petite brise soufflait par la fenêtre ouverte de ma chambre. J'avais dû me masturber deux fois hier pour soulager la tension. Dans ma chambre, la porte verrouillée et la main plongée dans mon short.

Et ce n'était pas la première fois. Quand Kade m'avait aidé à porter mes affaires dans ma chambre et qu'il avait rapidement quitté les lieux après m'avoir offert un petit sourire et un regard qui en disait long, j'avais retroussé ma petite robe et je m'étais caressée, assise sur le bord de mon lit.

J'avais envie de sexe. J'en avais *besoin*. Et dans tous mes fantasmes Kade tenait le premier rôle. Je me disais que je devenais peut-être folle, pourtant en croissant les autres garçons de mon bâtiment, je ne ressentais... rien. La plupart me regardaient comme l'avait fait Kade, comme s'ils voulaient me croquer tout entière.

Vu comment je me comportais, je ne pouvais pas les blâmer. C'était comme s'ils parvenaient à sentir à quel point j'étais chaude, qu'ils se disaient qu'il suffirait à me pousser un tout petit peu et que je les supplierais de continuer. C'était comme si j'avais un panneau au-dessus de ma tête, indiquant en lettres lumineuses : *Allez-y baisez-moi, je n'attends que ça !*

Je redescendis ma chemise de nuit sur mes jambes, mais j'avais encore les doigts tout collants. Grommelant, je me redressai, enfilai un peignoir et me dirigeai vers les salles de bains au bout du couloir. Bien que je sois dans une chambre individuelle, je devais partager avec tous les autres étudiants les salles de bain communes.

Je n'allumai pas la lumière. Je n'en avais pas besoin. La lumière de la pleine lune éclairait largement la pièce sombre. De plus je voyais très bien la nuit, depuis toute petite. Les autres enfants demandaient des lampes de poches à leurs parents ou des veilleuses, mais moi, je devais me cacher sous mes couvertures, dans le noir, pour enfin réussir à m'endormir.

J'ouvris la porte du couloir et poussai un petit cri. Éclairé par la lumière industrielle, se tenait Robbie.

« Salut Lily, dit-il. Je n'ai pas pu m'empêcher de t'entendre. »

Il prit une grande inspiration, puis une autre. Avec un regard sombre que je ne lui avais encore jamais vu, il s'approcha de moi et posa presque son nez sur mon épaule. Un frisson le parcourut lorsqu'il se redressa, comme s'il s'était pris une décharge électrique.

Je reculai d'un pas. Était-il en train de me *renifler* ?

« Euh. »

Je n'ajoutai rien de plus. Mais de quoi parlait-il, il avait entendu quoi exactement ? Il m'avait entendue jouir ? C'était très embarrassant. Je décidai d'éviter son regard. Mais vu qu'il se murait dans le silence, je finis par lever les yeux vers lui. Ses yeux ! Ils n'étaient pas bruns, ni bleus, ni même vert, ils étaient dorés. Étrangement dorés.

« Qu'est-ce que tu fais ici, Robbie ? Comment m'as-tu trouvée ?

— M. Windbourn nous a demandé de venir te chercher Lily. Tu aurais dû le prévenir que tu allais partir, c'est dangereux. »

D'un coup, la gêne fit place à la colère et je sentis la rage m'envahir en même temps qu'un grand sentiment de soulagement. Je préférais largement ça, plutôt que de me sentir faible et vulnérable face à lui.

« Je suis adulte, je n'ai besoin de la permission de personne. »

Il se mit à rire, d'une façon que je n'avais jamais entendue, le son était désagréable et me mit les nerfs en pelotes, jusqu'à ce que mon corps tout entier, semble au bord de l'explosion.

« Tu es si naïve, chérie. Bien sûr que tu as besoin de la permission. Les frères Benson attendent dans la voiture. Remballe tes affaires. On s'en va dans dix minutes. »

Je plantai mes talons dans le sol et croisai les bras. J'avais travaillé dur pour entrer dans cette université. J'avais rempli tous leurs formulaires, passé tous leurs tests et m'étais débrouillée pour bénéficier d'une aide financière toute seule. Hors de question de rentrer chez moi la queue entre les jambes, juste parce que Robbie me faisait les gros yeux et qu'il avait amené avec lui deux des gorilles de mon grand-père.

« Je ne pars pas. »

Son expression se transforma en une que je connaissais trop bien, la luxure.

« Il y a une autre option.

— Quoi donc ?

— On finit ce qu'on a commencé dans ta chambre l'autre fois. »

Il leva la main pour me caresser la joue, son pouce passant doucement sur ce qui restait du bleu sous mon œil et pour la première fois depuis que je le connaissais, mon corps réagit à son toucher. J'avais toujours envie de le cogner, mais j'avais aussi envie de coucher avec lui. Ma chatte pulsait, pourtant je savais que je ne l'aimais pas et qu'il ne m'intéressait pas en tant qu'homme, seulement en tant que...

Que quoi d'ailleurs ? Je n'étais pas le genre de fille à coucher à droite à gauche.

Ou peut-être que si ?

« Désolée pour ce qu'il s'est passé chez le médecin. » marmonnai-je, la culpabilité remontant à la surface, comme toutes les autres émotions d'ailleurs.

J'étais dans tous mes états, j'avais la tête qui tournais et mon corps était hors de contrôle. Tout ce que je désirais, c'était que quelqu'un fasse que tout s'arrête, qu'il me touche, qu'il me fasse jouir, puis qu'il me garde au creux de ses bras et me dise que tout irait bien.

« Ne t'inquiète pas, ce n'est rien. Laisse-moi entrer et je vais m'occuper de toi. »

Sa voix était calme, profonde et douce, comme s'il avait déjà gagné. Peut-être était-ce le cas. Mes seins étaient lourds, mon cœur battait la chamade. Quelque chose clochait chez moi et ce qu'il dit le confirma.

« Tu as besoin d'être touchée, n'est-ce pas ? Possédée ? Tu as besoin de connaître une bonne douzaine d'orgasmes pour te sentir mieux et je peux te les offrir, chérie. »

Il caressa ma lèvre inférieure de ses doigts et il fallut un acte de volonté extrême, pour me retenir de sortir ma langue et de le goûter. Je reculai et posai ma main sur la poignée. J'étais à la fois intéressée et répugnée par sa proposition. Je ne le désirais pas *lui*. Mais je désirais pourtant bien *quelque chose*.

Je secouai la tête, je n'étais pas un stupide animal. Je n'étais pas une chienne en chaleur. Si je devais coucher avec quelqu'un, ce ne serait *pas* avec Robbie. Ni avec les stupides frères Benson.

« Non, va-t'en. Rentre et dis à Grand-père de me laisser tranquille. »

Je claquai la porte, enclenchai le verrou et me reculai dans la chambre.

Je l'entendis soupirer si fort que je me sentis mal à l'aise.

« Je ne peux pas faire ça Lily. Tu as besoin de moi, tu as besoin que je t'embrasse, que je te touche et que je te fasse mienne. »

Sa main devait être posée à plat sur ma porte, car je l'entendis glisser sur le bois et je l'imaginais me toucher.

« Tu as besoin de moi, chérie. Ça fait longtemps que j'attends ça. Il est temps pour nous d'être ensemble. Laisse-moi rentrer, je te promets que ce sera bon. »

Ou j'étais excitée, j'avais envie de sexe. Mais pas avec lui. J'avais besoin de *quelqu'un* et ça me faisait très peur. Pourquoi avais-je cette envie folle de l'attraper, de le tirer dans ma chambre, de retirer ma chemise de nuit et de le supplier de me prendre ? Pourquoi avais-je l'envie qu'il me plie en deux sur le lit et me baise comme un forcené ?

Merde. Il y avait vraiment quelque chose qui n'allait pas chez moi. Avais-je été droguée ? Ma peau me faisait mal, littéralement, je ressentais le désir intense d'être touchée. Je fis glisser mes mains sur mes bras, de haut en bas, sur mon cou et dans mes cheveux, dans l'espoir de me soulager. Mais rien n'y faisait.

Pire encore. Mes yeux me faisaient mal et même la lumière éteinte, je pouvais tout voir parfaitement, ce qui était normal pour moi. Mais là, je pouvais même lire clairement les minuscules caractères imprimés sur le paquet de mes biscuits favoris, à l'autre bout de la pièce. Je pouvais sentir le linge sale caché dans le placard, ainsi que le détergent au pin qu'ils utilisaient pour nettoyer les toilettes au fond du couloir. Je sus, sans trop forcer, que mes deux voisins avaient mangé une pizza aux peppéronis avec des olives pour le dîner.

Je pouvais le sentir. Je *sentais* tout, dans les moindres détails.

3

« LILY ? »

Robbie frappa à la porte une fois encore, un bruit si léger que je n'aurais normalement pas dû entendre et que pourtant j'entendis. J'entendais le sang pulser dans mes veines et les insectes dans les murs. Des petites pattes, des millions de petites pattes qui bougeaient à toute vitesse et poursuivaient un but précis.

« Lily ? Tout va bien. J'entends ton cœur battre à tout rompre. N'aie pas peur, laisse-moi entrer. Tout va bien se passer, je te le promets. »

Non. Tout n'allait pas bien. Je n'allais pas bien et il n'allait pas me lâcher. Il voulait me foutre à poil et moi j'avais envie qu'il le fasse. Et ce dernier point me perturbait fortement

Il essaya de tourner la poignée et je courus me réfugier de l'autre côté de mon lit.

« Lily ! »

Il cria.

J'ouvris la fenêtre et scrutais les ténèbres. La lune éclairait les arbres du grand parc bordant mon dortoir et qui débouchait plus loin sur une immense forêt. Étant au rez-de-chaussée, je ne pouvais pas voir bien loin, mais je savais que cette forêt s'étendait sur des kilomètres. Quelque chose en moi me poussait à sortir par la fenêtre et courir dans la nuit.

Puis, je compris enfin la raison de cette pulsion, je le vis, une grande silhouette, portant un t-shirt blanc, presque éblouissant sous la pleine lune. Je savais qui c'était, je le voyais aussi bien qu'en plein jour. Je sentis mes tétons pointer et mon clitoris pulser en détaillant ses cheveux sombres et ses belles lèvres pleines. Il portait le même genre de jean moulant que d'habitude, pourtant cette fois, il semblait plus sauvage, ses cheveux étaient ébouriffés, comme s'il avait passé ses mains dedans à de nombreuses reprises.

J'avais envie d'enfouir mes doigts dans ces cheveux. Non. J'avais tout simplement envie de lui. Tout entier.

Kade.

Si le choix qui s'offrait à moi était de rester dans ma chambre et tenter de résister aux avances de Robert, ou faire quelque chose de complètement fou, je savais ce que je devais faire.

Posant mes mains sur les montants de la fenêtre, je relevai la moustiquaire, me glissai par l'ouverture, pris une grande inspiration et sautai.

. . .

Kade

Elle sortit par la fenêtre, sa chemise de nuit blanche semblant luire dans la nuit, alors qu'elle ondulait sur ses cuisses. Elle courrait vers moi, rapide et souple. Je m'avançai à mon tour vers elle, j'avais envie de la toucher, de l'embrasser, mais elle ne s'arrêta pas et se contenta de me saisir par le poignet.

« Il faut partir. Tout de suite. »

Je perçus l'énergie de sa voix et sentis son excitation. L'odeur s'était encore renforcée, ce qui voulait dire qu'elle était presque mûre, son temps était venu. Je lançai un coup d'œil vers son dortoir et vit une silhouette s'encadrer dans la fenêtre de sa chambre, juste avant qu'elle ne pénètre sous le couvert des bois.

« Qui est-ce ?

— Je t'expliquerai plus tard. Je te promets, mais on doit partir maintenant, vite ! »

Elle était mienne et elle était à mes côtés, je laissai donc cette question en suspens... pour l'instant. Nous nous mîmes à courir, mais je pris la tête. Je connaissais cette forêt comme ma poche. Je savais où l'emmener pour qu'elle soit en sécurité.

« Nous devrions nous transformer. »

Fuir un danger changé en loup était moins dangereux qu'en gardant sa forme humaine. Pourquoi ne se transformait-elle pas ? En était-elle incapable ? Une pensée me traversa l'esprit, connaissait-elle au moins sa nature de lycanthrope ?

Merde, alors ça signifiait que...

« Transformer quoi ? »

Vu que je ne répondis rien, elle continua à parler.

« Il m'a suivie, dit-elle, essoufflée.

Je ralentis pour m'accorder à son allure moins rapide.

— Il m'a suivie jusqu'ici depuis là où j'habitais avant.

— Qui est-ce ? »

Je me moquais bien de son identité précise, sachant que c'était quelqu'un qu'elle ne voulait pas voir. Quelqu'un dont elle avait peur et qu'elle avait préféré fuir en passant par la fenêtre de sa chambre.

« Robert. Il m'a suivie jusqu'ici depuis le Tennessee et a emmené deux des sbires de mon grand-père avec lui. Ils sont venus directement d'East Springs. »

Un loup, sans aucun doute, l'avait suivi à travers tout le pays ? Ce n'était guère surprenant. La première fois que je l'avais vue, j'avais repéré sa trace olfactive dans les bois et elle m'avait attiré comme un aimant. Il n'avait pas dû être bien difficile pour cet autre loup de la suivre jusqu'ici, surtout s'il la connaissait bien.

« Deux sbires ? »

Elle éclata d'un rire sans joie.

« Des baby-sitters si tu préfères. C'est l'une des raisons pour lesquelles je suis partie de chez moi. »

Son rire se transforma en soupir et elle ralentit.

« Oui, c'est pour ça que je suis partie. Depuis la mort de ma mère, mon grand-père me fait suivre tout le temps, où que j'aille. C'est vrai que je viens d'une petite ville, mais quand même ! Je n'ai plus trois ans, je n'ai pas besoin de gardes du corps, c'est ridicule. »

Pourtant si, elle en avait besoin. Elle n'en avait

simplement pas conscience. Mais ça n'avait plus d'importance désormais. Elle était mienne à présent. Mienne et si les idiots qui la suivaient essayaient de me l'enlever, je leur arracherai la gorge et les renverrai à son grand-père en pièces détachées.

« Ce sont les hommes de main de ton grand-père ?
— Oui.
— Tous les trois ? »

Elle se mordit la lèvre et détourna le regard, les joues rougissantes.

« Je suis sortie avec l'un d'eux, mais je ne le désire pas. »

Son froncement de sourcils adorable se modifia et quand sur ses traits je vis peu à peu sa confusion se transformer en frayeur, je l'attirai dans mes bras et la serrai contre moi pour que sa louve sache que j'étais là pour elle.

Elle continua : « Je ne l'avais jamais désiré avant. Mais je crois que quelque chose cloche chez moi.
— Non, rien ne cloche chez toi. »

J'entrepris de lui caresser le dos de haut en bas pour la calmer et je sentis la rage m'envahir quand elle sembla fondre dans mes bras. Mais le simple fait de la tenir ainsi contre moi, d'être celui vers qui elle avait accouru, était si parfait, si juste. Jusqu'à présent, j'avais toujours fonctionné à l'instinct, un loup solitaire, servant de lieutenant et d'homme de main pour l'alpha de la meute. Et maintenant ? Plus rien n'avait d'importance, à part elle. Tout en moi semblait se cristalliser autour de cette vérité. Elle était comme le soleil. Je ne remettais pas en question sa place dans ma vie, ni son importance. Elle était simplement... mienne.

Comment était-il possible que personne ne lui ait jamais dit ce qu'elle était. Il était vrai que certains enfants ne possédaient pas assez de sang d'une lignée de lycanthropes pour pouvoir se transformer et passaient généralement leurs vies sans rien savoir de leur héritage génétique. Mais Lily était la petite fille de l'alpha Windbourn. Les probabilités qu'elle ne devienne pas totalement louve étaient – comment dire – extrêmement faibles. Elle aurait dû être au courant.

Il n'y avait aucun endroit sûr pour elle, elle ne pourrait se cacher nulle part. Les loups à sa poursuite la traqueraient sans relâche. Et celui que j'avais aperçu à sa fenêtre ? Il semblait bien résolu à se l'approprier. Merde, elle allait même faire tourner la tête à tous les mâles célibataires de Black Falls. Aucun d'entre eux ne pourrait passer à côté de son odeur. Elle était mûre à point, prête à être possédée, baisée, prête à devenir la compagne d'un mâle à sa hauteur.

J'en avait mal aux boules, tant j'avais envie de la prendre et de la posséder sur le champ. Mes testicules étaient douloureux, j'avais envie de la baiser, de la revendiquer, de la faire mienne.

Compagne, hurlait mon loup.

Oh non, personne d'autre ne l'aurait à part moi. Mais il n'y avait qu'un seul moyen de m'assurer qu'aucun autre loup ne la touche... les meutes de Black Falls et l'endroit d'où venait Lily étaient régies par les mêmes lois universelles.

Aucun homme de main d'un autre clan ne rentrait

sur le territoire d'un autre sans autorisation.

Ce qui voulait dire que mon alpha était au courant que les loups Windbourn étaient ici. Que Lily était ici. Et j'allais m'en servir à mon avantage. Mon alpha était loin d'être stupide. Et avoir l'un de ses lieutenants en couple avec une Windbourn ne ferait que renforcer la meute. Ce n'est pas lui qui viendrait se mettre en travers de mon plan.

Il ne me restait désormais qu'à convaincre la jolie femelle dans mes bras.

Elle tremblait contre moi, mais ne se reculait pas. Non, ses bras se resserrèrent même autour de ma taille.

« Je suis sérieuse, Kade, je crois que quelque chose ne va pas chez moi. »

Je la fis s'asseoir contre un arbre près de moi, là où la mousse était épaisse et douce. Un endroit qui ferait un lit parfait pour la prendre.

« Dis-moi. » fis-je en prenant sa main, pour établir une connexion.

Elle lança un coup d'œil par-dessus son épaule.

« On ne devrait pas continuer à avancer ? J'ai peur qu'il nous rattrape. Et il n'est pas tout seul.

— Personne ne te touchera Lily. » jurai-je, très sérieux.

Elle me fixa quelques secondes, avant de s'installer contre moi d'une manière qui me donna envie de me frapper la poitrine en criant victoire. Mienne. Elle était mienne. C'est à *moi* qu'elle faisait confiance. *Moi* qu'elle désirait.

« Il peut te suivre autant qu'il veut, mais il ne te touchera pas. »

Car oui, il n'allait pas s'en tenir là. Ce Robert qui l'avait fait fuir de peur n'abandonnerait pas pour si peu. Je ne pouvais pas le lui reprocher, ni tous les autres mâles célibataires des environs. À moins de vouloir relever un grand nombre de défis dès ce soir, il faudrait que la conduise à la cérémonie de possession. Je n'avais pas d'autre choix. Mais avant, je devais l'écouter.

« Dis-moi tout, répétais-je.

— Robert. Il vient d'East Springs. Nous sommes sortis ensemble. On a eu une histoire. Peu importe. »

Elle tripota nerveusement la mousse et me regarda entre ses cils. Alors même que la lune était cachée par la forêt dense, je pouvais la voir très clairement. Ses yeux pâles, son visage rond et ses lèvres pleines. Même les pointes dures de ses seins qui tendaient le fin tissu de sa chemise de nuit blanche.

Je sentis mes dents s'allonger, mais je repoussai mon loup. Je la posséderais, mais pas tout de suite. Je devais attendre et suivre les règles. La protéger de mon corps et grâce aux lois régissant les meutes. Je devais attendre, mais ça ne serait pas long. La lune serait bientôt au zénith. Encore quelques heures et elle serait mienne pour l'éternité.

« Il m'a dit qu'il me désirait, mais qu'il attendait que le moment soit propice. »

Je laissai échapper un grognement. Je savais exactement ce qu'il attendait, il attendait qu'elle soit folle de désir, que son corps soit consumé par la luxure et que sa louve la force à accepter cette union. Il devait la vouloir désespérément pour être prêt à courir un tel risque.

Parce qu'une fois que son Éveil serait terminé et

qu'elle reprendrait ses esprits ? Eh bien, il se retrouverait avec une femelle loup-garou folle de rage et totalement incontrôlable. Elle l'aurait probablement tué et il l'aurait bien mérité. Ajouté à l'éveil de ses nouveaux pouvoirs, le fait qu'elle soit issue de la lignée des Windbourn et on pouvait en conclure que cet homme était soit follement amoureux d'elle, soit désespéré.

« Qu'a-t-il fait ? Il t'a fait du mal ? »

Je vais le tuer, pensais-je.

« Non. Mais il voulait rentrer dans ma chambre. Je ne l'aime même pas et donc, je... je l'ai repoussé et je me suis enfuie. »

Je pouvais sentir son excitation, mais s'y mêlait désormais l'odeur de la peur et un soupçon de rage, amer sur ma langue.

Elle haussa les épaules.

« Voilà, c'est à peu près tout. Je n'ai pas envie de rentrer plus dans les détails. Mais il est là et d'après ce qu'il m'a dit, il n'a pas l'intention de partir. »

Je sentis mon corps se tendre.

« Qu'a-t-il dit ? »

Elle se lécha les lèvres et réprima un grognement.

« Qu'il pouvait me sentir. »

Elle inclina la tête et renifla légèrement. Non, elle n'avait décidément aucune idée de sa vraie nature. Je soupirai doucement, réalisant que ce serait à moi de lui expliquer qui elle était, pourquoi ce Robert lui courait après de la sorte et pourquoi moi aussi, je la désirais tant. Pourquoi tous les mâles des environs allaient se lancer à ses trousses.

Puis il faudrait que je lui parle de la cérémonie de

possession qui nous lierait à jamais.

« Et... il voulait... m'embrasser et me toucher. Il m'a promis que si je le laissais entrer, il... »

Je ne m'imaginai que trop bien tout ce qu'il avait pu lui promettre et pire, tout ce qui lui était passé par la tête. C'étaient les mêmes pensées qui me traversaient l'esprit en ce moment même. Faire glisser ma langue sur sa chair, goûter ses tétons, avant de m'aventurer plus bas, jusqu'à sa chatte pour la dévorer. L'entendre crier de plaisir alors que je lui ferais perdre la tête encore et encore avant de m'enfoncer en elle jusqu'à la garde et la faire mienne pour toujours. Je grognai et Lily sursauta. Je levai une main et posai ma paume sur sa joue, ne pouvant résister à l'envie de la faire glisser jusqu'à son cou, avant de m'enfoncer dans l'épaisseur de sa chevelure.

« Je suis en colère contre lui, pas contre toi. Je ne serai jamais en colère contre toi. Mais tu m'appartiens désormais Lily et je ne le laisserai pas poser les mains sur toi. »

Elle cligna lentement des yeux et s'appuya sur ma main. Je pouvais voir qu'elle cherchait ses mots, tout autant qu'elle repoussait les pulsions sensuelles qui cherchaient à prendre possession de son corps et de son esprit. Sa louve était proche, prête à se libérer, sauf si Lily gardait le contrôle. Si elle n'arrivait pas à maîtriser sa louve, il y avait le risque qu'elle devienne folle, ou pire. Elle avait besoin de moi, de la nature dominante de mon loup pour l'aider à maintenir le contrôle.

J'avais une envie folle de l'embrasser, mais je n'osais pas, car si j'y cédais, je savais que je ne pourrais plus m'arrêter. Je fis donc le choix de me pencher vers elle et poser mon front contre le sien. Elle soupira doucement.

« Pourquoi il est ici, Kade ? Pourquoi je me retrouve à courir dans la forêt en chemise de nuit ? Pourquoi ma peau me fait-elle si... mal ? »

Je savais qu'elle avait encore des tas de questions à poser. Le désir d'être touchée devait être très fort désormais, son corps entier devait rechercher le contact et sa peau devait la faire souffrir. Je ne pouvais pas la prendre, pas encore. Mais je pourrais la soulager, si j'étais suffisamment fort pour résister à la tentation.

M'adossant au tronc d'un arbre, je la pris sur mes genoux. J'utilisai la main que j'avais toujours dans ses cheveux, enroulée autour de son cou, pour l'attirer contre moi et poser sa joue sur ma poitrine, contre mon cœur. L'avoir ainsi dans les bras me semblait si naturel. Elle s'installa instantanément contre moi et je caressai doucement son dos de haut en bas, dans ce que j'espérais être un geste apaisant. J'espérais seulement qu'elle ne sentirait pas ma verge dure comme du bois dans son dos.

Je me comportais comme un vrai saint. J'étais en train de la câliner doucement, alors que je n'avais qu'une envie, la culbuter sur le sol et la baiser comme un fou, l'emplir de ma semence et la lier à moi pour toujours. Le loup en moi la désirait tellement que je dus compter jusqu'à cent avant de pouvoir réussir à articuler quelque chose.

« Ta famille, les Windbourn, sont établis dans le Tennessee depuis très longtemps. Des centaines d'années, c'est exact ? »

Elle hocha la tête et je fus soulagé qu'elle sache au moins ce détail de son histoire familiale. Les grandes migrations des loups-garous avaient eu lieu bien avant que la déclaration d'indépendance soit signée.

« Ta famille descend d'une longue lignée de nobles d'Europe, une lignée marquée par des histoires sordides, des malédictions et des légendes.

— Comment connais-tu tout ça ? demanda-t-elle.

— Tout simplement parce que ma famille vient du même endroit que la tienne. Et qu'elle aussi est soumise à la même malédiction ancestrale. »

4

ade

Lily se raidit.

« Ma famille n'est pas Maudite.

— Tu n'as jamais entendu certaines légendes étranges ? Des rumeurs à propos de ton grand-père ? »

Son silence était assourdissant, elle n'avait rien besoin de dire, je connaissais déjà sa réponse.

« Que crois-tu qu'il soit, Lily ? »

Elle frissonna.

« Il est puissant. Strict. Tout le monde a peur de lui. »

Je ne pus réprimer un petit rire. C'était impressionnant le peu qu'elle savait.

« Ils ont peur de lui ? Tu le crois vraiment ? Alors pourquoi viennent-ils lui demander conseil quand ils ont des problèmes et ont besoin d'aide ?

— C'est vrai. Presque tout le monde fait ça. Mais ils ont tout de même peur de lui. Ça, je peux te l'assurer. »

Comment diable étais-je supposé faire comprendre à cette femme magnifique qu'elle était une louve-garou ? Elle ne me croirait jamais. Puis elle se mettrait à paniquer et s'enfuirait en courant et tout serait encore plus compliqué.

« Pourquoi ont-ils peur de lui ? lui demandai-je en continuant de caresser ses cheveux soyeux. Ferme les yeux et dis-moi la vérité, même si ça te semble fou. »

Elle secoua la tête et se recula un peu pour me regarder dans les yeux.

« Non, toi, dis-moi. Toute ma vie, tout le monde m'a caché ce secret et ça me rend folle. Dis-le-moi. J'en ai assez d'être la seule qui ne connaît pas la vérité. Il fait partie de la mafia ? C'est un serial killer ? Un alien ? Quoi ?

— C'est un loup-garou, Lily. Peut-être même l'alpha le plus puissant du monde. Et tu es sa petite fille. Naturelle ou adoptée ? »

Sa bouche s'ouvrit d'un coup et je pus voir ses dents blanches et bien alignées.

« Je suis sa petite-fille naturelle. Ma mère était sa fille. »

Elle prononça les mots lentement et je fus soulagé qu'elle ne prenne pas ce que je lui disais à la légère.

« C'est un loup-garou qui vient d'une longue lignée de loups. Et toi tu es de sa famille, de son sang et tu fais partie de sa meute. Toi aussi, tu es un loup-garou. Ils attendaient simplement que ta louve soit prête et remonte à la surface. »

Elle resta silencieuse une minute, étudiant mon expression, le ton de ma voix, la sensation de mes mains sur elle et même les battements de mon cœur.

« Et c'est ça que Robbie attend lui aussi ? Que ma louve s'éveille ? »

Ses yeux pâles fixèrent les miens.

Je hochai la tête.

« Oui. Une femelle loup-garou ne peut pas être prise pour compagne avant que sa louve n'accepte l'accouplement.

— C'est complètement fou ! »

Elle rejetait ce que je lui disais, mais restait dans mes bras. Son esprit n'arrivait pas encore à comprendre totalement les implications de ce que je venais de lui révéler, mais au fond d'elle-même, elle connaissait déjà la vérité. Sa louve savait et resta tranquille pour cette raison.

« Comment saurait-il que ma louve intérieure va bientôt se réveiller ? c'est ridicule !

— Tu ne la sens pas bouger, à l'intérieur de toi ? La chaleur, l'intense désir d'être touché, la luxure si forte que tu n'arrives plus à penser à autre chose ? Ça ne vient pas de toi, mais d'elle. »

Je la sentis frissonner, mais ce n'était pas de dégoût.

Je passai ma main dans ses cheveux, mais ce fut comme si je touchai une statue.

Elle était froide et immobile, réfléchissant à ce que je venais de lui révéler.

« La plupart des femelles loup-garou s'éveillent vers la fin de l'adolescence. Pour certaines, comme toi par exemple, il faut attendre plus longtemps. Mais à présent c'est indéniable, l'odeur d'une femelle loup-garou en chaleur est irrésistible.

— En chaleur ? »

Elle descendit en vitesse de mes genoux et se leva d'un bond en me fixant droit dans les yeux. Elle était si belle sous la lune, sa chemise de nuit blanche soulignant ses formes tout autant qu'elle les cachait et ses cheveux bruns tombant en rideau sur ses épaules. Ses yeux étaient écarquillés, sauvages.

« En chaleur, comme les chiens ? »

Je me levai pour être à ses côtés, lentement, pour ne pas l'effrayer.

« Robert attendait que tu sois prête, Lily. Il attendait ce moment précis pour essayer de te posséder, parce qu'il savait que tu serais moins encline à lui dire non. »

Elle me dévisagea, mais je pus voir de la douleur dans son regard. Une souffrance que j'aurais voulu pouvoir faire disparaître avec un baiser.

« Disons que je te croie sur toute cette affaire de loups-garous. Je ne suis pas stupide. J'ai vu des choses par le passé, j'ai entendu des rumeurs. Je devrais être en train de m'enfuir en hurlant à ce moment précis, mais pourtant une part de moi sait que tu me dis la vérité. »

Une vague de soulagement me traversa. Elle savait, au fond d'elle-même et commençait progressivement à accepter sa vraie nature. Ce qui voulait dire qu'elle pourrait réussir à m'accepter, moi.

« Je ne te mentirai jamais Lily, je t'en fais la promesse. Je fis un pas vers elle, mais elle se recula.

— Et toi, Kade ? Comment je sais que tu n'es pas comme Robbie ? Et que tu ne me voies pas comme il me voit. À savoir une femelle en chaleur, prête à baiser ? Tu imagines que je suis tellement excitée, que je ne peux pas non plus me refuser à toi, c'est ça ? »

Elle sembla se replier sur elle-même et enroula ses bras autour de sa taille en reculant encore un peu plus.

« Non. »

Je permis à l'animal en moi remonter à la surface et laissait l'ambre de mes yeux foncer et prendre la couleur sombre de ceux de mon loup.

« Je n'ai rien à voir avec Robbie. Je suis ton compagnon. Je mourrai pour te protéger, je tuerai pour te posséder. Tu m'appartiens et je t'appartiens en retour. Tu peux toujours essayer de le nier, ta louve le sait. Elle se battra pour être à mes côtés. Elle sera désespérée, en manque, Lily. Cherchant le contact, la connexion avec son compagnon. Avec *moi*. Pourquoi crois-tu être sortie de ta chambre et avoir couru vers moi ? Pourquoi rêves-tu de moi la nuit ? Oh, elle finira par en accepter un autre si tu te refuses à moi, mais c'est moi qu'elle désire. Tout comme toi tu me désires. »

Je soutins son regard en disant cela, car je voulais qu'elle sache que je lui disais la vérité.

« Et je te désire en retour Lily. J'ai su que tu étais mienne dès que nos mains se sont touchées au bord de cette route. »

Elle secoua la tête. Ses cheveux dansèrent sur ses épaules pâles.

« C'est complètement fou.

— Je sais. »

Je tendis la main vers elle cette fois, pour lui donner le choix. Je ne la forcerai pas, c'était impossible. Ses yeux bleu glacier étaient veinés de feu et je sentais qu'elle était sous l'emprise de sa louve. J'entendais le battement frénétique de son cœur et sentais l'odeur de son désir. Je mourrais d'envie d'y goûter et de m'en rassasier.

« Viens avec moi, je t'en prie. Laisse-moi te toucher. Laisse-moi t'embrasser, Lily. Je te désire tellement que j'ai du mal à respirer. Mets-toi avec moi. Choisis-moi. Il y a une cérémonie de possession cette nuit. Si nous nous y rendons ce soir et que je te revendique, Robbie ne viendra plus jamais t'importuner. Ils te laisseront tous tranquille. Même ton grand-père n'aura plus d'emprise sur toi.

— Pourquoi ? »

Me déplaçant lentement, je me rapprochai d'elle et pris son visage en coupe entre mes mains. J'avais un tel désir de la toucher, de la serrer contre moi, même si ce n'était que pour un instant.

« Parce que tu seras mienne. »

Elle me regarda dans les yeux.

« Et c'est ça que tu veux ? Me faire tienne ? Me posséder ?

— Oui, je te veux, Lily. Je te désire si fort que c'en est douloureux. »

Mon corps tout entier était tendu comme un arc, jusqu'à ce qu'elle hoche la tête.

« D'accord. Je te veux moi aussi, dit-elle en se léchant les lèvres. Qu'est-ce que ça signifie ? C'est quoi vraiment, une cérémonie de possession ?

— Tu seras présentée à l'alpha de la meute. Il te demandera si tu consens à te livrer à la cérémonie. Une fois que tu auras donné ton accord, tu seras conduite dans un lieu sacré de la forêt et je t'y rejoindrai.

— Et après ? »

Elle savait, je pouvais le voir dans ses yeux, mais elle avait besoin que je le lui dise clairement.

« Après nous serons ensemble. »

Je me penchai et murmurai le reste au creux de son oreille. Je n'aurais pas pu lui dire en la regardant dans les yeux sans perdre ma contenance.

« Je t'embrasserai partout et je te ferai crier mon nom. Puis, je te baiserai jusqu'à ce que tu n'en puisses plus, jusqu'à ce que tu me supplies de te laisser jouir et que tu saches à qui tu appartiens.

— Oui. »

Un frisson la traversa et passa dans mon corps, ses tétons pointés, se pressaient contre mon torse. Elle avait le souffle court et l'odeur de son excitation parfumait l'air autour de nous de son odeur délicieuse. Ma verge gonfla douloureusement,. J'avais l'impression qu'elle allait exploser et je dus réprimer un gémissement de douleur. Cette femme, ma femme, faisait vaciller ma raison et les longues années de volonté de fer et de discipline n'y changeaient rien.

Le nez enfoui dans son cou, je faillis perdre le contrôle. Elle était nue sous sa chemise de nuit. Je me reculai pour résister à la tentation de l'embrasser, mais ce fut une erreur. Son visage magnifique était éclairé par la pleine lune et elle me regardait avec une confiance absolue. J'approchai mes lèvres des siennes, incapable de me retenir plus longtemps.

Une branche craqua derrière moi et je me raidis, Lily

se serra contre moi. Nous étions encerclés et je me maudis d'avoir été si fasciné par ma nouvelle compagne, que je les avais laissés s'approcher sans rien sentir. Ça n'aurait pas pu être pire. Je savais que le loup caché dans la forêt avait fait ce bruit par simple courtoisie. Il était face au vent, silencieux comme un ombre, et il n'était pas seul.

« Il faut qu'on parte d'ici, Lily, tout de suite. »

Elle se dégagea de mes bras à l'instant où cinq loups émergèrent des bois pour nous encercler. Elle colla son dos contre moi et je posai mes mains sur ses épaules.

« Tout va bien. Ce sont des amis. »

Ce n'était pas vraiment un mensonge, j'en connaissais quatre sur cinq. Celui qui m'était inconnu, à en juger par la haine que je lisais dans ses yeux, ce devait être Robbie, le loup-garou qui avait poursuivi ma Lily à travers tout le pays. Mais elle était mienne. Il faudrait qu'il me tue pour poser la main sur elle.

LILY, deux heures plus tard

L'air froid de la nuit caressait ma peau surchauffée et de petits panaches de vapeur s'élevaient dans l'air, semblables à de minuscules fantômes, dansant sous la lune. J'étais nue sous la robe traditionnelle que j'avais enfilée, celle qui était utilisée dans les cérémonies de possession. Elle était d'un blanc pur, transparente et le tissu collait à mon corps comme de la soie. Sa coupe était manifestement faite pour exciter tous les mâles présents en leur offrant un aperçu de mes courbes. Cette robe ne laissait pas grand-chose à l'imagination, mais vu que je n'allais pas la garder bien longtemps, j'essayais de ne pas trop y penser.

Mon dieu, ce qui était en train de m'arriver était complètement fou.

Debout, au milieu d'une petite clairière, je tentais de tirer sur mes liens. Ils étaient très serrés. Je pourrais toujours courir, mais je n'avais nulle part où aller. Nulle part où me cacher. Pire encore, j'avais donné mon accord pour cette folie. L'alpha des Black Falls, nommé Warren Sommerset, un homme âgé, approchant la soixantaine, avec un torse comme une barrique et des bras massifs, me fixait de ses yeux gris, comme s'il cherchait à percer mon âme.

Même s'il avait les yeux bleu glacier, mon grand-père avait lui aussi ce regard perçant qui semblait dire *n'essaie pas de me la faire*. Quand je l'avais rencontré, plus tôt dans la nuit, flanqué de Robbie bouillant de rage et Kade se tenant à mes côtés, j'avais eu l'envie irrépressible de m'agenouiller devant lui en baissant la tête en signe de respect, comme s'il était une sorte de roi.

Pas un roi non, un alpha et la louve en moi le savait.

J'étais restée droite devant lui, mais je m'étais dit que c'était simplement parce que j'étais encore une Windbourn et que ma loyauté allait à ma meute, à ma famille et aux personnes aux côtés de qui j'avais grandi. Je n'avais pas réalisé jusqu'à ce moment, à quel point la connexion que je ressentais en moi était profonde. La force de ces liens de sang avait fait que j'étais restée debout, alors que Kade et les autres s'étaient agenouillés devant lui. Seuls Robbie et moi étions restés droits et le sourire satisfait sur le visage de ce dernier, me disait qu'il en connaissait la raison. J'eus l'impression qu'il comptait sur ma loyauté envers mon grand-père et ma terre natale pour influencer ma décision.

Mais Robbie se trompait lourdement. Je me moquais bien de notre ville, ou de mon vieux grand-père et son manque d'empathie. Je ne désirais que les caresses d'un seul loup... et il n'était pas là.

La réunion s'était terminée une heure auparavant environ, puis les femmes m'avaient prise en charge, j'avais été baignée et préparée jusqu'à ce que je sois au bord de la crise de nerfs.

Je me retrouvais debout, entourée d'étrangers et je ne pouvais toujours pas forcer mon corps à désirer le seul visage connu de cette foule. Je pris soudain conscience que c'était parce que ni ma louve, ni moi, ne le désirions.

Les voix masculines emplissaient l'air nocturne. J'avais l'impression d'être une vierge qu'on allait offrir en sacrifice. Ha, mais oui, j'étais bien vierge et il n'y avait qu'une seule autre femme à mes côtés pour m'aider. Elle était déjà en couple et n'était donc d'aucun intérêt pour les mâles présents, à part le sien, qui devait sûrement se trouver non loin de nous. Je n'étais pas seule ce soir, pourtant. D'autres femelles loup-garou se soumettraient à la même cérémonie que moi ce soir, même si je n'en avais pour l'instant rencontrée qu'une. Alana. Elle était debout à côté de l'alpha de la meute, attendant son tour pour être possédée, revendiquée et baisée par un loup-garou. Mais elle, elle connaissait les règles, elle savait ce qui allait se passer.

Et en plus, manque de chance, c'était moi qui passais la première.

« Tu es prête ? » me demanda-t-elle.

Puis elle s'avança vers moi, tenant un long bandeau de soie noire, une autre de leurs coutumes étranges, pour me l'attacher autour des yeux. Je ne savais pas si être aveuglée m'aiderait à me calmer, ou si le fait de ne pas voir les mâles se menacer et se battre pour m'approcher – était-je si désirable que ça d'ailleurs ? – ne me ferait pas au contraire paniquer. Les mains d'Alana tremblaient plus que les miennes.

« Non. »

Je secouai la tête et scannai la foule des mâles célibataires. Où se trouvait Kade ? C'était le seul qui m'intéressait, je seul dont je désirais les caresses, qu'il me possède, qu'il me *baise*. Alana, qui était originaire de Black Falls, savait depuis toujours que cette nuit aurait lieu un jour pour elle et m'avait informée que de nombreux célibataires des meutes alentours étaient venus ce soir pour trouver une compagne ou un compagnon.

Je comprenais maintenant pourquoi je voyais si bien la nuit. La louve en moi voyait distinctement tous les mâles en face de moi, comme si nous étions en plein jour et non au beau milieu de la nuit. Ils me fixaient, le désir et l'excitation se lisait sur leurs visages, alors qu'ils inhalaient mon odeur et l'odeur des autres femelles célibataires. Ils grognaient, se menaçaient les uns les autres, comme des chiens se disputant un os. Et vu que je devais passer en premier, cet os, c'était moi. « Je ne peux pas faire ça, c'est complètement fou ! Où est Kade ? »

Alana enroula ses doigts froids autour des miens et les serra pour m'encourager.

« Ne t'inquiète pas. Un mâle valeureux se battra pour toi, un qui te protégera et ne laissera aucun de ces faiblards poser la main sur toi. »

Mes pensées revinrent vers Kade. Ses cheveux bruns, ses lèvres pleines, ses épaules larges, son regard si intense. Dieu qu'il était beau, tout en lui m'excitait et me faisait bouillir de désir. À l'intérieur de moi, je sentais ma louve désireuse de partir en chasse. Il m'avait tenue dans ses bras, il m'avait écoutée et je m'étais sentie protégée. Chérie. Puis, quand son regard était tombé sur mes lèvres, quand il m'avait dit tout ce qu'il avait envie de me faire, je m'étais sentie désirée, intensément.

Était-il là, quelque part ? Je ne le voyais nulle part, je n'arrivais pas à le sentir comme tout à l'heure, quand j'avais ouvert la fenêtre de ma chambre. J'avais senti un tel soulagement, un tel bonheur quand je l'avais aperçu plus tôt, comme si je retournais enfin chez moi. Il m'avait dit que j'étais sa compagne et ma louve en avait été tout émoustillée. Je lui avais très peu parlé, mais je savais. Il *était* mon compagnon, pourtant, je ne le voyais nulle part. M'aurait-il abandonné ici ? Me laisserait-il être offerte à quelqu'un d'autre ? Non, il ne le ferait pas. Pas s'il était vraiment mon compagnon, c'était *impossible*.

Alana tapota gentiment ma main et me sortit de mes pensées. Des pensées bien trop inquiétantes. J'appréciais les efforts que faisait ma nouvelle amie pour me réconforter, mais ce n'était pas suffisant. S'il y avait un problème ? Selon ce que m'avait dit Kade, l'animal à l'intérieur de moi, ma louve, était en chaleur. Je le désirais, oui, mais si c'était une erreur ? Si jamais Kade était en fait du même genre que Robert ? Si jamais je ne le désirais pas vraiment ? Que faire si tout ce désir n'était dû qu'à mon état actuel et que j'étais seulement en chaleur, comme un stupide caniche?

5

ily

MA LOUVE s'immisça dans mes pensées, me disant que j'avais tort, qu'elle le voulait, que c'était le bon pour moi. Pour nous. Mon dieu ! J'avais une louve à l'intérieur de moi. Je secouai la tête, toujours incrédule, mais pourtant, je me tenais à moitié nue, au beau milieu d'une cérémonie de possession on ne peut plus sérieuse.

« Explique-moi encore une fois pourquoi je me retrouve dans cette situation, » demandai-je à Alana.

Elle comprenait. Depuis toute petite, elle savait qu'elle était une métamorphe. Elle me fit un petit sourire.

« Je ne sais pas exactement en ce qui te concerne, mais ce que nous dit la science des loups est que ce soir est la première pleine lune depuis que tu as atteint l'Age de l'Ascension. »

Je dus la regarder bizarrement, car elle se mit à rire.

« Tu ne t'es pas sentie un peu excitée et mal à l'aise ces derniers jours ? »

Je hochai la tête, rougissant en me rappelant que je m'étais même fait jouir dans mon sommeil.

« L'Age de l'Ascension correspond au moment où toutes les parties lupines en toi s'éveillent, poursuivit-elle. Tu seras bientôt capable de te transformer, mais tu as besoin d'un partenaire pour t'aider à contrôler ton loup. Pour un mâle, la présence d'un alpha est suffisante. Mais pour une femelle, c'est différent. Nous ne nous soumettons en général qu'à un seul loup et c'est le plus souvent celui qui devient notre compagnon. Tu vas bientôt pouvoir te transformer Lily. Tu es en âge d'être revendiquée, d'appartenir à un mâle, tout comme lui t'appartiendra en retour. Ce soir, tu t'accoupleras avec l'un des mâles célibataires et il aura jusqu'au lever du soleil pour te convaincre de le garder. Tu peux résister, certaines le font. Le mois dernier même, la fille de l'alpha a rejeté tous les mâles qui ont essayé de la soumettre. C'était la première fois en vingt ans que la revendication d'un mâle avait ainsi été refusée. »

Je haussai les sourcils de surprise. Je n'avais aucune idée de ce qui se passait, mais au moins, je pourrais toujours dire non, hein ?

« Le mâle qui tentera de te posséder devra d'abord te convaincre avec sa force, ses compétences et ses caresses. Il n'aura pas le droit de te parler. Tiens, bois ça. »

Alana me tendit un petit bol que je saisis de mes mains liées.

« Qu'est-ce que c'est ? demandai-je. Ça sentait le thé.

— C'est une décoction de plantes préparée par les soigneurs. »

Je portai le bol à mes lèvres et en bus une petite gorgée, puis une autre. Le goût était doux, comme du thé sucré.

« C'est pour s'assurer qu'aucun enfant ne sera conçu lors des activités de cette nuit. »

Oh mon Dieu ! Avec toutes les choses complètement folles qui se passaient autour de moi, je n'avais même pas envisagé la possibilité de tomber enceinte. Je ne prenais pas la pilule, ni aucun autre moyen de contraception. L'engloutis une grande gorgée, pour m'assurer que la mixture ferait bien son travail. Bien. Je voulais des enfants, bien sûr, mais je n'étais pas prête à en faire un dès ce soir avec un étranger. Pas même avec Kade d'ailleurs. Je devais d'abord apprendre à le connaître. Pas seulement ma louve, mais moi-même.

« Tu vas passer les prochaines heures les yeux bandés à te faire séduire par tous les beaux-gosses que tu vois ici ce soir. »

Il y a pire, non ? Les yeux bandés, attachée, à moitié nue puis baisée sauvagement. Ce n'était pas grand-chose en fait, hein ?

J'aurais dû être terrifiée, mais tout ce à quoi j'arrivais à penser, c'était à Kade. J'espérais qu'il allait arriver à temps.

« Fais-moi confiance, ils peuvent sentir ton odeur, ton excitation, ils te désirent tous. »

Elle lança un coup d'œil circulaire sur la clairière et son examen calme des hommes présents, me rassura étrangement. Elle les connaissait, elle avait grandi auprès d'eux.

« Kade viendra pour toi, Lily. Et il te traitera bien. Si l'un de ces mâles se comporte mal, ils auront à faire à l'Accalia.

— L'Accalia ? »

Alana me sourit d'un air espiègle.

« Oui, chaque meute est dirigée par un mâle alpha. C'est lui qui est responsable de la protection des membres et s'assure de garder les autres mâles sous contrôle. Mais l'Accalia, c'est la matriarche. Elle est à la fois la mère du clan et son juge. Ce qu'elle dit à valeur de loi dans les affaires internes de la meute. Elle peut ordonner l'exil ou même l'exécution d'un membre et personne ne remet jamais en cause son jugement. »

Bordel de merde. Qui donc était l'Accalia de la meute de mon grand-père ?

Ma mère. Je le sus avec une grande certitude et soudain tous les coups d'œil étranges et les regards en coin qu'on nous lançaient quotidiennement, prirent un sens nouveau. Et depuis sa mort, qui avait repris le rôle ? Je n'en avais aucune idée.

« La matriarche n'est pas la compagne de l'alpha ? »

Alana se mit à rire.

« Pas nécessairement. Parfois la compagne de l'alpha est trop douce. Sérieusement, tu te vois, toi, donner l'ordre d'exécuter quelqu'un ? Ou bannir à vie quelqu'un que tu connais depuis toute petite ? »

Non, je savais que je ne pourrais pas. J'étais plutôt du genre à tout faire pour réconcilier les gens dans la douceur et me faisait un peu trop marcher sur les pieds.

Mon histoire avec Robbie en était le parfait exemple, elle avait duré bien plus qu'elle n'aurait dû.

« Qui est votre Accalia ? »

Alana sourit.

« Ma sœur, Sonia. Elle n'a que quelques années de plus que moi, mais elle n'est pas du genre à se laisser faire. Je voudrais lui ressembler plus tard. Elle me fit un clin d'œil et je lui souris. Ne t'inquiète pas, elle discutera avec toi demain matin, quand tout sera fini, pour voir si tu vas bien, si tout s'est bien passé et pour te souhaiter la bienvenue dans la meute. Tu es libre de choisir Kade ou quelqu'un d'autre, le choix t'appartient. Peu importe celui que tu choisiras, il te traitera bien. Crois-moi, ces gars te désirent tous. Tu as l'odeur de leur gourmandise préférée à l'heure qu'il est. »

Je rougis. Pour les loups, sentir l'odeur de l'autre était excitant. Pour moi, pas tant que ça. Du moins, ça ne l'avait encore jamais été avant Kade, je pouvais presque sentir l'odeur de sa peau sur ma langue. J'avais envie de le goûter pour de vrai.

« Mais comment savoir si je les veux vraiment, enfin lui, le bon quoi. Je me léchais les lèvres nerveusement. Je veux dire, mon ex me harcèle et pourtant, je ressens une attirance pour lui. Mon radar à compagnon semble être complètement détraqué.

— Ne t'inquiète pas, me rassura-t-elle. Tu sauras en temps voulu, ta louve saura. »

Je n'en étais pas si sûre, mais il n'y avait pas grand-chose que je pouvais y faire.

« Mouais, mais attachée, en plus ? »

Je levai vers elle mes poignets noués l'un à l'autre.

« Avec un bandeau sur les yeux ? C'est un peu extrême, tu ne trouves pas ?

— L'accouplement entre loups est intense. Tu devras te soumettre corps et âme à ton nouveau compagnon. Savoir que tes poignets sont liés, que tes yeux sont bandés, rappellera à ta louve sa soumission. Car, fais-moi confiance, elle ne se laissera pas faire par n'importe qui. Elle risque de devenir sauvage. Ces liens te seront bien utiles. »

Se soumettre à mon nouveau compagnon ? C'est pas un peu d'un autre âge tout ça ?

Le murmure des mâles s'arrêta soudain et la clairière fut plongée dans le calme. Alana redressa la tête, pris une posture sérieuse et posa sa main fraîche sur mon épaule en se plaçant derrière moi.

« Agenouille-toi, Lily Windbourn et choisis un mâle. »

Choisis un mâle ?

Je ne pus m'empêcher de rire en l'entendant prononcer cette dernière phrase. Mais tout humour me déserta quand elle m'appuya sur l'épaule pour me faire m'agenouiller dans la terre molle. J'inspirai un grand coup, regardai autour de moi une dernière fois, cherchant désespérément Kade, toujours mystérieusement absent, avant que le bandeau de soie noire ne m'obscurcisse la vue.

Alana me murmura des dernières paroles rassurantes à l'oreille.

« Il viendra, ne t'inquiète pas. »

Je l'espérais de tout mon cœur. Ce n'était pas du tout de cette manière que j'avais prévu de perdre ma virginité, mais si ça devait arriver ce soir, dans cette clairière, je voulais que ce soit avec Kade. Mais où était-il donc passé ?

Je mourrai pour te protéger, je tuerai pour te posséder. Tu m'appartiens et je t'appartiens en retour.

Me souvenir de ses paroles me redonna confiance, mais s'il avait fini par changer d'avis ?

Je frissonnai et tirai sur mes liens. Ils ne seraient pas impossibles à briser, pas pour un loup-garou tel que moi, mais la soumission qu'ils symbolisaient m'irrita soudain. À part Kade, il était hors de question qu'un autre mâle me touche et je savais que Robert était encore dans les parages. Je l'avais vu roder non loin, quand j'avais été présentée à l'alpha. Il s'était fait discret, comme une ombre. Partout où les femmes m'avaient traînée pour les préparatifs, il nous avait suivi, comme un chiot.

Mais il n'avait rien d'un mignon petit Labrador. Il était grand, dur et fort et je sentis mes poils se hérisser d'horreur à l'idée qu'il me touche. Je ne le désirais pas, je voulais Kade.

Alana m'avait dit que j'avais le droit de refuser n'importe lequel des mâles qui chercheraient à me séduire. Si l'un d'entre eux, autre que Kade me touchait, je pourrais réussir à survivre à cette nuit en les refusant les uns après les autres.

S'ils croyaient que j'allais les attendre les cuisses ouvertes, ils n'avaient encore jamais rencontré Lily Windbourn.

« Qui se présente pour posséder Lily Windbourn ce soir ? Que tous les candidats s'avancent. »

L'ordre résonna à travers la petite clairière et le silence se fit dans les bois alentours. Même les criquets n'émettaient plus un son, alors que Warren, l'alpha de la meute prenait la parole d'une voix forte, déterminé à se faire entendre de tous.

Alana me serra l'épaule une dernière fois, pour m'encourager, puis se recula, me laissant face à mon destin et aux mâles venus dans l'espoir de me dompter. Je perçus un mouvement et mon cœur se mit à battre la chamade quand j'entendis des bruits de lutte. Le bruit de poings s'abattant sur la chair, les os. Des grognements de douleur, des respirations saccadées. J'étais contente d'être déjà à genoux, car je me sentis d'un coup effrayée. Je ne voyais rien, je ne pouvais pas me défendre. Je me recroquevillai sur moi-même, tentant de me faire la plus petite possible. Mais mes oreilles fonctionnaient parfaitement et je pouvais entendre le groupe de mâles s'affronter et se défier les uns les autres. Ils se battaient vraiment pour moi ?

Ça me donna envie de lever les yeux au ciel, mais sous le bandeau de soie noire, c'était totalement inutile. Tout ce qui me restait à faire, c'était survivre à cette nuit et choisir Kade comme nouveau compagnon. Serais-je autorisée à le garder près de moi et à le *revendiquer* à mon tour ? Kade m'autoriserait-il à prendre le contrôle ? Je savais que les mâles Windbourn étaient des alphas et je sentais aussi ce trait de caractère en lui. Mais dominer son partenaire ? J'étais impatiente de découvrir ce que ça signifiait vraiment. Si je réussissais à me sortir de cette cérémonie en un seul morceau.

Les grognements et les bruits de lutte cessèrent brutalement et je retins mon souffle. Mon cœur martelait mes côtes et mes mains étaient moites.

« Trois guerriers restent en lice pour la cérémonie de possession de ce soir. Qu'il en soit ainsi. »

La voix puissante de l'alpha résonna dans la forêt endormie.

« Que leurs noms soient inscrits dans les archives. »

Les archives ? Ça faisait vraiment médiéval comme procédure ! Pourquoi ne me balançaient-ils pas sur leur épaule aussi ? Non, ce n'étaient pas des hommes des cavernes, seulement des métamorphes et il semblait qu'ils suivaient des règles bien précises et des coutumes étranges pour s'assurer que tout le monde sache bien qui était en couple avec qui. Kade m'avait assuré que s'il me possédait cette nuit, il n'y aurait plus aucune ambiguïté et tout le monde saurait que j'étais sa compagne. Et que même mon grand-père ne pourrait rien y faire.

Personne ne remettrait en cause ce rituel. Les partenaires étaient sacrés et leur union était protégée par les lois régissant toutes les meutes, comme me l'avait confirmé Warren, l'alpha. Je devais seulement avoir confiance en Kade, il viendrait pour moi.

J'entendis le bruit d'un stylo sur le papier, qui fut suivi d'un long silence. J'étais tendue, presque jusqu'au point de rupture. Puis l'alpha reprit la parole. Trois mâles étaient prêts à combattre pour avoir le droit de me toucher. Trois ! J'eus la chair de poule et frissonnai dans la nuit froide. Je n'aurais pas su dire si c'était de peur ou d'excitation.

L'un d'entre eux était peut-être Kade, mais comment pourrais-je le différencier des deux autres ? Comment pourrais-je leur résister, alors que ma peau désirait si ardemment être touchée, que mon entre-jambe pulsait déjà de désir et que mon corps tout entier fondrait au moindre contact ? Ma louve était éveillée, en chasse, affamée. Une faim si violente que c'était comme si elle avait été privée pendant des dizaines d'années et qu'on lui offrait tout à coup un festin. Elle avait envie de consommer et d'être consommée à son tour.

« Loups, vous connaissez les règles, brisez-les et vous serez exécutés. Frères des autres meutes, nous ne ferons pas d'exceptions pour vous. »

Ma poitrine se serra. Frère des autres meutes ? Des étrangers au clan étaient là aujourd'hui, et Robbie en faisait sûrement partie. Mais y en avait-il d'autres encore ? Des mâles qui pourraient bientôt me toucher, sauf si... Je me redressai et me remémorai les larges épaules de Kade, sa mâchoire parfaite et ses yeux perçants couleur ambre. J'imaginai son regard intense pénétrer mon âme, lorsque l'alpha s'adressa directement à moi.

« Lily Windbourn de la meute d'East Springs, nous t'honorons ce soir. Trois loups honorables se présentent et tenterons de faire de toi leur compagne. Ils ont le droit de savoir si ton cœur bat toujours dans ta poitrine, ou s'il appartient à un autre. »

La vérité, c'était le fonctionnement de la meute. Les hommes ici présents avaient le droit de savoir si la femme qu'ils allaient essayer de posséder était déjà amoureuse de quelqu'un d'autre. Ça ne voulait pas dire qu'ils n'allaient pas essayer pour autant, mais ils sauraient à quoi s'en tenir.

Je pensai à Kade. Je n'étais pas amoureuse de lui, si ? Je le connaissais à peine. Mais je le désirais, je voulais qu'il soit mon compagnon, je voulais qu'il me possède. Avais-je besoin de lui ? Le désirais-je ? Absolument !

Était-ce cela l'amour ? Le désir que je ressentais pour Kade signifiait-il que je lui avait donné mon cœur ? Je ne m'étais aperçue de rien, mais oui. Mon cœur lui appartenait.

Je me léchai les lèvres.

« Plus rien ne bat dans ma poitrine, alpha. Mon cœur appartient déjà à quelqu'un. »

Un murmure parcourut la foule.

« Le loup que tu désires pour partenaire est-il présent ce soir ? »

Je secouai la tête, honteuse et embarrassée d'admettre la vérité. Je ne voyais rien. Je ne sentais rien. Et je n'arrivais pas non plus à sentir sa présence.

« Je ne sais pas. »

Un grognement sourd s'échappa de l'un des loups à côté de moi. Super. Il y en avait au moins un qui était motivé par ce challenge. Et même s'ils n'étaient pas les alphas de la meute, ils se comportaient comme tels ce soir.

Warren continua et s'adressa aux combattants présents.

« Sachant que son cœur appartient à un autre, voulez-vous toujours tenter de la posséder ? »

Se pourrait-il que ce soit si simple ? Et qu'ils partent sans demander leur reste ? Me laissant le soin d'enlever ce fichu bandeau et d'aller chercher par moi-même où se cachait Kade ?

Le soupir de l'alpha anéanti ce petit espoir.

« Qu'il en soit ainsi. Sachant que ton cœur appartient

à un d'autre, deux guerriers choisissent de rester et demandent le Droit d'Initiation. »

Kade était sûrement l'un des deux. Il m'avait promis qu'il serait à mes côtés et qu'il serait celui qui me posséderait. Je l'espérais de tout mon cœur.

« Qu'est-ce que le droit d'Initiation ? » demandai-je.

Des murmures envahirent de nouveau l'espace. Je ne savais pas si c'était parce que j'avais parlé, ou parce que je ne savais pas ce qu'était ce Droit d'Initiation.

« Deux mâles se proposent d'offrir l'initiation à leur contact par un simple baiser, » répondit l'alpha.

Je me redressai, l'espoir qui m'envahit soudain me fit tourner la tête. Un baiser. Si je ne réagissais pas à quelque chose d'aussi simple, ils n'insisteraient pas. Je n'aurais pas à subir des heures de torture sensuelle, à me refuser à eux. Un seul baiser chacun. Je pouvais y arriver. Je saurais reconnaître Kade à son baiser, non ?

Mais non. Il me n'avait encore jamais embrassée. Et pourquoi donc ? Nous avions été seuls tous les deux pourtant. Il m'avait touchée. Il m'avait dit qu'il me désirait. Pourquoi donc ne m'avait-il pas embrassée ? Je n'avais aucune idée de ce que je ressentirais, ni du goût de ses lèvres...

« Commencez, » lança l'alpha.

6

ily

LE PREMIER MÂLE s'approcha et s'agenouilla devant moi. Je ne pouvais pas le voir, mais je sentais sa présence, son souffle. J'attendis, les lèvres tournées vers le ciel, offerte. Il ne me fit pas patienter bien longtemps avant de m'attraper les épaules de ses grandes mains et de m'attirer contre lui pour m'embrasser. Je hoquetai quand ses lèvres s'écrasèrent sur les miennes. Elles étaient fermes, chaudes, expérimentées, mais pourtant, je ne ressentis rien, et je n'ouvris pas la bouche pour lui permettre d'approfondir le baiser. L'odeur de sa peau m'était familière, tout comme la sensation de ses mains sur moi.

Robbie.

Cette prise de conscience me fit l'effet d'une douche froide et je me figeai contre lui.

Ha ! C'était un succès, je n'étais pas attirée par lui, il ne suscitait aucun désir en moi et donc, il n'aurait pas le pouvoir de me revendiquer. Mais où était Kade ? il m'avait pourtant promis qu'aucun autre mâle ne me toucherait.

« Ça suffit. »

La voix forte de l'alpha résonna dans la clairière et les lèvres de Robbie quittèrent les miennes, il recula, vaincu.

Oui, vaincu, car j'avais eu le temps de réfléchir pendant ce baiser. Je voulais vivre une passion sans limite, connaître un mâle qui saurait mettre mon âme à nu, pas seulement mon corps.

Un grognement sombre échappa au mâle tout près de moi, un grognement de colère. Puis il fut suivi par un autre, plus grave et menaçant. Je ne craignais pas pour ma sécurité, il y avait suffisamment de témoins, j'avais seulement peur le matin venu, de me retrouver en couple avec le mauvais loup.

Où était Kade ? Quand Alana m'avait mis le bandeau sur les yeux, il n'était pas dans le groupe d'hommes autour de nous. Il m'avait dit qu'il devait aller parler à l'alpha avant le début de la cérémonie, mais l'alpha était là et lui, je ne le voyais nulle part. Où était-il ?

J'hésitais à dire que j'étais désolée de n'avoir rien ressenti en entendant Robbie se remettre debout, mais il n'en était rien. Je ne voulais pas qu'il m'embrasse. Surtout pas alors que j'étais attachée et à sa merci. Je me soumettrai, j'en mourrais d'envie, mais pas à lui. Je pouvais sentir la déception émaner de lui par vagues, mais je m'en moquais bien. Il n'était pas le bon. Il n'était pas *mien*.

Bouillant de rage, il se recula et j'entendis l'autre mâle

pousser un grognement sourd, possessif, comme si je lui appartenais déjà, comme s'il avait des droits sur moi.

La puissance de ce son, ses vibrations, se répercutèrent dans tout mon corps et me donnèrent la chair de poule.

Ils bougèrent, changèrent de place et je sentis la présence du deuxième mâle devant moi. Je me préparai pour le second baiser, qui serait la clé de ma liberté. Dès qu'il poserait sa bouche su la mienne, je saurais immédiatement. Mais il ne bougea pas. Une longe minute passa, puis deux, puis trois et je le sentais agenouillé à mes côtés, immobile. J'aurais juré pouvoir sentir le poids de son regard sur mon corps. Il pouvait tout voir de moi sous cette robe légère. Mes tétons pointés, les poils noirs bien taillés entre mes cuisses. Cette tenue ne laissait pas grand-chose à l'imagination. Elle était faite pour aguicher, tout en exposant clairement les atouts physiques des femelles présentées.

Je ne pouvais rien cacher, pas même mon cœur.

La tension s'accumulait dans l'air entre nous, comme une tempête de luxure sur le point d'exploser, qui électrisait ma peau sensibilisée. La chaleur intense de ce mâle en rut semblait pénétrer jusque dans mes muscles, m'enjoignant d'être douce et de fondre sous ses caresses. Ce mâle me désirait intensément. Je n'avais encore jamais ressenti une telle chaleur, mais les femmes en couple que j'avais rencontrées en parlaient avec nostalgie. La sensation de chaleur crépitante et surtout le sexe qui s'ensuivait. Des parties de jambe en l'air incroyablement chaudes, sensuelles, exceptionnelles.

Mes tétons refusaient de m'obéir et se contractèrent

intensément, alors que sa chaleur m'enveloppait et me pénétrait de part en part.

« Tu ne m'embrasses pas ? » demandai-je soudain.

Il ne répondit rien.

« Alors ? » continuai-je, voulant savoir ce qu'il en était.

Quel était ce sentiment ? D'où diable venait-il ? Du mâle en face de moi, ou d'ailleurs ?

« Silence ! »

La voix puissante de l'alpha résonna dans la clairière et me fit sursauter. Je vacillai et sentis une main se poser sur mon épaule, me permettant de me rétablir. La chaleur qui s'en dégageait était bouillante.

Je me dégageai de ce contact, soudain effrayée. Et si ce n'était pas Kade ? Je ne voulais rien ressentir pour un étranger, surtout pas l'étincelle qui s'était déjà allumée en moi à son contact.

Non. Je ne désirais pas cet homme.

« Je voudrais que tu m'embrasses. » gémis-je, si bas que j'espérais que seul lui m'entende.

Je ne *voulais* pas vraiment ce baiser, mais je voulais savoir. Je devais savoir et la réponse se trouvait dans ce baiser.

J'étais tendue, la déception faisait rage en moi. Pourquoi ne m'embrassait-il pas ?

Quand deux mains chaudes et fermes glissèrent le long de ma mâchoire sur les deux côtés de mon visage, je poussai un petit cri, surprise par ce contact et la chaleur intense de ces mains. Il prit ma tête en coupe avec une grande délicatesse, comme si j'étais en porcelaine fine et m'immobilisa puis enfin... il m'embrassa.

Alors que le baiser du premier de mes prétendants

avait été ferme et habile, celui-ci était au contraire était tout en lenteur et commença par la commissure de mes lèvres. Au lieu de me plaquer contre lui, comme l'avait fait le premier mâle, celui-ci me maintint en place, éloignée de la chaleur intense de son corps. Et d'une certaine manière, savoir qu'il était là, tout près, mais hors d'atteinte, me donna encore plus envie de me frotter contre lui, de lever vers lui mes mains attachées et de le toucher, de m'accrocher à lui. De ne plus jamais le laisser repartir.

Je gémis.

Il ne s'embarrassa pas de savoir si c'était parce que j'étais agréablement surprise ou au contraire répugnée. Il inclina ma tête et fit glisser sa langue sur mes lèvres, pour me goûter et continua son exploration. Sur un gémissement, j'ouvris la bouche pour lui, incapable de résister plus longtemps au désir de goûter un peu à mon tour à sa force et à son désir pour moi.

Je sentais la chaleur prendre le dessus sur moi, me rendant confuse. Je voulais qu'il me touche, qu'il pose ses lèvres sur moi, puis ses mains brûlantes. J'en voulais davantage. Mais était-ce Kade ? Comment se faisait-il que je ne sache pas ?

Dans un grognement, il m'attira vers lui et enfouis sa langue dans ma bouche. Toute tentative de séduction semblait oubliée, ce baiser s'était transformé en un assaut agressif auquel je ne pouvais que me soumettre. Je n'attendais que ça. J'avais l'impression de fondre, comme de la cire en plein soleil.

Mon corps répondit en s'enflammant littéralement, je me cambrais contre lui, consumée de l'intérieur. Alors qu'il n'avait fait que m'embrasser ! Les lèvres de mon sexe pulsaient douloureusement de désir et l'air froid de la nuit soufflait sur mon entre-jambe humide, me faisant prendre conscience de mes réactions.

Je ne restais pas de glace. Je n'étais pas indifférente à ce mâle. Il avait suffi d'un baiser et cet étranger m'avait vaincue, possédée, tellement que je ne désirais plus qu'une chose, qu'il continue à me toucher, avec une intensité que je n'avais encore jamais ressentie, pas même avec Kade. Mais en y repensant, Kade n'en avait jamais eu l'occasion. Il n'avait pas eu le temps.

« Ça suffit. »

Le cri de l'alpha me figea et je me reculai, dégoûtée du manque de retenue dont je venais de faire preuve. Je détournai la tête pendant que l'alpha continuait à parler.

« Le droit d'initiation en a décidé ainsi. Que le nom de ce mâle soit inscrit dans les Archives et passons à la cérémonie suivante. »

Je sentis, plus que je n'entendis les mâles restants quitter la clairière où avait eu lieu la première partie de la cérémonie. C'était terminé. Ce mâle, qui qu'il soit, venait de se voir offert le droit d'essayer de me posséder ce soir. Je pouvais toujours me refuser à lui, comme la fille dont Alana m'avait parlé, mais comment pourrais-je y parvenir ? J'avais presque joui alors qu'il n'avait fait que m'embrasser, que pourrais-je faire quand il mettrait ses mains sur mon corps ? J'étais tellement impatiente qu'il me touche. J'en avais besoin. Je n'avais pas du tout *envie* de lui résister.

Pendant les heures qui suivraient, je serai seule, nue sous les étoiles pendant que ce mâle utiliserait toutes les techniques à sa disposition pour me séduire et me faire me soumettre à lui. J'étais convaincue qu'il n'aurait pas besoin de recourir à des techniques bien élaborées pour ce faire. J'étais déjà toute molle de désir entre ses mains. Molle, mais chaude et tout excitée. L'air frais de la nuit n'aidait en rien, vu que nous étions tous les deux plus qu'humains et qu'il ne nous affectait en rien. Au contraire, cette nuit servirait les intérêts de ce mâle, en me rappelant à ma vraie nature. Du moins, c'était ce qu'Alana m'avait raconté. J'aurais besoin d'être en plein air, sous la pleine lune. Sur le moment, ça m'avait paru un peu bizarre, mais désormais je reconnaissais la vérité dans ce qu'elle m'avait dit.

Les mâles humains n'avaient pas été en mesure de me satisfaire et il n'y avait donc eu aucun danger que je leur offre mon cœur et mon âme. Je comprenais désormais pourquoi je n'avais jamais été intéressée par un seul garçon au lycée et après. *Il* n'était pas là. Ils n'étaient pas ce qu'il me fallait. Sauf si...

Non. Ce mâle ne pouvait pas être Robbie. Je m'étais refusée à lui pendant si longtemps, il était impossible que je me mettre à le désirer tout à coup. L'attirance que j'avais ressentie pour lui avait été forte, mais en rien comparable à celle que je ressentais à présent. Non, je n'avais aucune idée de l'identité de ce mâle, mais ce n'était pas lui.

Était-ce Kade ? Comment avais-je pu ressentir tant de choses pour Kade seulement quelques heures auparavant et en ressentir encore davantage pour ce mâle ? Qui que ce soit, il ne se contenterait pas d'autre chose que d'une soumission totale et si je la lui donnais, mon cœur irait avec.

Il me tenait toujours, la paume de sa main posée sur mon cou, dans une position dominante qui montrait que j'étais à sa merci. Il pouvait me briser le cou d'une simple torsion du poignet, mais le pouce qui caressait ma joue avait la douceur et la légèreté d'une plume. Je pouvais sentir ses yeux m'inspecter, jugeant sous un nouveau jour son trophée, qu'il avait désormais le droit de toucher et de faire jouir. Il pourrait me faire tout ce qu'il voulait.

Lorsque le dernier spectateur eut quitté la zone de la cérémonie pour passer à la suivante, et qu'il ne resta plus dans la clairière que le bruit du vent dans le feuillage des arbres au-dessus de nous, je tournais la tête vers lui, navrée.

« Je suis désolée, je ne peux pas t'appartenir. »

Il se pencha jusqu'à ce que ses lèvres touchent mon oreille et murmura si bas que je l'entendis à peine. Non, sans ma louve, je ne l'aurais pas entendu.

« Nous verrons ça. »

J'en restai bouche-bée. Un mâle n'avait pas le droit de prendre la parole et y contrevenir constituait une violation claire des règles. C'était ce qu'on m'avait dit en tout cas, mais celui-là ne semblait pas s'en préoccuper. Ses mains caressèrent mon cou, mes épaules, descendirent sur mes clavicules et plus bas sur mes seins à travers la robe. À mon grand regret, il ne s'y attarda pas et continua vers mes mains toujours liées. C'était comme s'il touchait les parties de mon corps en même temps qu'il les regardait, une inspection tactile et visuelle. Et je me demandai s'il me trouvait à son goût.

Il enroula ses mains atour des miennes – elles étaient si grandes – et m'aida à me remettre debout avec attention, puis me souleva et me porta dans ses bras comme l'aurait fait un jeune marié. Que cette coutume humaine me semblait futile, pourtant, je sentis mes joues s'empourprer, alors qu'il me posait avec douceur sur le matelas de plumes utilisé pour le rituel. Dès que mes épaules touchèrent la douce surface, il leva mes mains liées et les attacha à un poteau placé là à cet effet. Dans cette position, mes seins étaient projetés vers l'avant, comme une offrande. La robe courte remontait et je savais qu'il pouvait voir la courbe de mes seins et même ma chatte. Mes mains étaient bloquées au-dessus de ma tête, j'étais totalement à sa merci. Je ne pouvais pas couvrir mon corps, je ne pouvais rien faire que me soumettre à lui. Et cette idée n'était finalement pas si perturbante qu'elle aurait dû l'être. Plus le temps passait, plus j'avais envie de m'offrir à lui.

Il se coucha à côté de moi et passa ses doigts dans l'ouverture frontale de ma robe. Sa peau rugueuse caressant sensuellement la mienne, il partit en exploration, mon cou, la vallée entre mes seins, mon ventre plat, puis le renflement de mon sexe, aller-retour. Rien de plus, juste de haut en bas, encore et encore. Comme un jeu. Pour apprendre et observer mes réactions. Je commençai à haleter, sans défense, alors qu'il faisait monter un feu en moi, que je n'étais pas sûre de pouvoir éteindre. De la sueur commença à perler sur ma peau.

Puis, il murmura à nouveau : « À qui as-tu donné ton cœur ? »

Il baissa la tête et déposa un baiser doux et chaste sur un de mes tétons. Je hoquetai. Je fus incapable de m'en empêcher, personne ne m'avait jamais fait ça. C'était si agréable que mon dos se cambra vers lui, désirant davantage.

« Et pourquoi n'est-il pas ici ce soir pour revendiquer ton absolue perfection comme sienne. »

Secouant la tête, je restai silencieuse. Je n'avais aucune réponse à lui fournir. Je ne dévoilerai pas mon âme à ce mâle et je ne lui confesserai pas mes fautes. Je tournai la tête de côté, mon cou une offrande sacrée, qu'il ne manqua pas d'accepter. Avec un grondement sourd, il enfouit son nez dans mon cou et mordilla la peau sensible jusqu'à mes clavicules. Sa chaleur m'envahit quand il plaça une jambe entre mes cuisses pour me maintenir en place. Pas que je puisse aller bien loin, je tirai sur mes liens pour le confirmer.

Alana m'avait dit que la fille de l'alpha avait résisté toute une nuit ! Mon dieu, cette femme devait avoir une volonté de fer.

Sa verge dure se pressait contre ma hanche à travers son pantalon. Elle était si grosse que je me demandais sincèrement si elle pourrait rentrer. Serait-ce douloureux ? Sûrement, quelque chose de cette taille, me déchirerai probablement en deux. Mais mes pensées furent distraites, lorsqu'il se mit à masser ma poitrine de ses mains fermes. Son pouce passa sur mon téton mouillé et la sensation me coupa le souffle. Mon corps en voulait plus, j'avais une envie folle qu'il continue à me toucher. Ma chatte trempée pulsait, désirant être emplie et mon corps tout entier se cambrait sous ses caresses.

« S'il te plait. » gémis-je.

Je me mordis la lèvre. Je n'aurais rien dû dire. Je le savais, mais mon cœur et mon corps refusaient d'écouter mon esprit. Ma louve était aux commandes désormais et je n'arrivais plus à réfléchir. Le désir intense de me soumettre à lui me submergeait et je sus que je ne pourrais plus rien y faire quand je le sentis m'embrasser doucement la mâchoire et remonter vers le coin de ma bouche.

« Dis-moi. dit-il, sans me laisser savoir quoi. Qui donc possède ton cœur ? » ajouta-t-il enfin.

Partout où il me touchait, il déclenchait des éclairs de chaleur qui pénétraient jusqu'au plus profond de mes muscles. Du feu coulait dans mes veines et j'avais envie de me frotter à lui, d'explorer chaque centimètre de ce mâle immense, musclé et dur. Je tirai sur mes liens, me débattit sous lui. Je devenais folle de désir. Il savait exactement quoi faire pour faire monter encore plus haut mon excitation. Mais il y allait doucement, pour ne pas m'effrayer. Personne ne m'avait jamais fait cet effet-là. Personne. Sauf Kade.

C'était seulement du sexe, de la luxure pure. Je devais résister où je me retrouverai coincée avec un mâle qui saurait enflammer mon corps, mais laisserait mon cœur froid.

Il m'embrassa, une exploration lente de ma bouche avec sa langue. Il avait toute la nuit pour me goûter, m'explorer et me séduire. Et il se débrouillait vraiment très bien sur ce dernier point. Tout ce qu'il faisait, peu importe comment il me touchait, doucement, plus fort, lentement ou vite, j'aimais. Non, j'adorais. Je gémis en réponse, mon corps en feu sous ses doigts. Il fallait que ça s'arrête.

« Dis-moi, répéta-t-il.

— Kade. Je veux Kade. »

Je réussis à répondre dans un murmure, contre ses lèvres, entre les baisers qui volaient mon âme morceau par morceau, affaiblissant peu à peu toute volonté de résistance. Était-ce cela qu'il voulait de moi ?

« Ce n'est qu'à lui que j'offrirai ma virginité. »

Le mâle stoppa net ses assauts sensuels et je sentis son souffle sur mon cou quand il grogna. Je frissonnai en entendant ce son si possessif. Il murmura une nouvelle fois contre mon oreille.

« Tu es intacte ? »

Je hochai la tête.

« Tu l'aimes ? »

Le cœur battant à tout rompre dans ma poitrine, comme un oiseau effrayé, j'hésitai. Devais-je lui dire la vérité ? Si je succombais à son charme et qu'il me revendiquait, irait-il défier Kade plus tard ? Il aurait le droit de le faire et même de tuer Kade s'il osait me parler après la cérémonie. Mais s'il me laissait partir ? S'il était d'accord pour mettre fin au rituel ?

Il dut sentir mes pensées, car il déclara : « Je te donne ma parole que je ne le défierai pas, si tu me dis la vérité. »

Sa main glissa sur mon ventre d'un long mouvement sensuel.

« Je veux savoir qui tu désires... ici, pour te pénétrer pour la première fois et te faire jouir. »

En disant cela, il glissa deux doigts dans mon vagin et je poussai un cri d'intense plaisir quand il commença à leur imprimer un lent mouvement de va-et-vient chaud et mouillé. J'étais très serrée et je sentis un éclair de douleur, mais malgré ça, j'adorais la sensation. Je désirais qu'il me touche encore et je savais que ses doigts ne suffiraient pas. Non, j'en voulais plus. Je voulais sentir son corps chaud couvrir le mien, je voulais enrouler mes jambes autour de son dos et le plaquer contre moi, pendant qu'il me pilonnerait et me ferait sienne pour l'éternité. Pas comme un loup s'accouplant avec sa femelle, mais comme un homme faisant l'amour à une femme. En l'ouvrant sous lui, en sentant sa chair serrée s'ajuster à son membre, sachant qu'il était le premier. Sachant qu'elle n'appartenait qu'à lui. Dans tous les cas, homme ou loup, je voulais qu'il me baise sans merci, jusqu'à ce que je crie de plaisir.

Je n'étais pas une vierge timide. Si je n'avais encore couché avec personne, c'était parce que je n'avais encore jamais ressenti ce genre de désir. Quand un mâle me pénétrerait pour la première fois, je n'allais pas me contenter de rester passive. Non, j'étais bien résolue à jouir et fort.

Game over. Tremblante de désir, je reconnus ma terrible faiblesse face à lui. Je ne serai pas capable de résister à cet homme. Ni à son loup. Il faisait l'effet d'un feu de joie à mon cœur si froid et s'il ne s'arrêtait pas de lui-même, je succomberais. Je ne pouvais pas me mentir à moi-même. La vérité était la seule chose qui pourrait l'empêcher de me posséder. Peut-être était-il un homme bien, un mâle et son loup que je pourrais apprendre à aimer et désirer, mais seulement si je savais avec certitude que Kade ne me désirait pas.

« Kade. Oui, mon cœur lui appartient. Je sais que c'est complètement fou, mais oui, je suis amoureuse de lui. Laisse-moi partir, je t'en prie. »

Le mâle s'immobilisa, comme un immense bloc de glace au-dessus de moi. Il arrêta de respirer pendant quelques secondes, puis grogna tout près de mon oreille.

« T'a-t-il dit qu'il voulait te posséder ?

— Oui.

— T'a-t-il touchée, embrassée, ou fait quelque chose comme ça ? »

Sa bouche se referma sur mon téton, à travers le tissu léger de ma robe et il continua à me baiser avec ses doigts, d'un mouvement ferme et déterminé.

7

« Non. Nous n'avons pas eu le temps. Nous ne nous connaissons que depuis peu, mais je *sais*. Je ne pas cacher la façon dont mon corps réagit à ta présence, mais c'est lui que je veux. »

Mes hanches ondulèrent sous ses assauts, j'en voulais davantage. Plus gros, plus fort, plus vite. Mon dieu, c'était fou, je n'avais qu'une envie, que sa verge énorme me distende de l'intérieur, me pénètre profondément et qu'il me baise comme un fou. Une larme perla au coin de mon œil et fut instantanément absorbée par le bandeau en soie noire qui me couvrait les yeux.

« Je t'en prie, si tu ne t'arrêtes pas, je trahirai l'homme dont je suis amoureuse.

— Je peux sentir tes larmes Lily. »

La pression de ses doigts se radoucit et il les retira, glissant dans les replis de ma vulve, comme s'il cherchait à en retenir les contours. D'une voix rauque, comme s'il était sur le point de perdre le contrôle, il murmura : « Tu l'aimes vraiment ? Même si comme tu l'as dit, vous ne vous connaissez que depuis peu ? »

Je hochai la tête et me léchai les lèvres.

« Oui, je l'aime. »

Je détournai la tête de lui et dit la vérité : « Si tu me possède ce soir, si tu prends ce qui ne t'appartient pas, je ne serai jamais vraiment à toi. Je suis vraiment désolée. J'ai été stupide, je ne lui ai pas dit ce que je ressentais pour lui quand j'en ai eu l'occasion et maintenant, c'est nous deux que je fais souffrir. Je ne sais pas pourquoi je ne suis pas capable de résister à tes caresses, mais mon cœur en tout cas, appartient à un autre. »

Il m'embrassa le ventre doucement, avec respect et parla de sa vraie voix, une voix qu'il n'essayait plus de masquer par des murmures et une cadence différente.

« Je t'avais promis que personne d'autre ne te toucherait Lily. Tu es mienne et je suis tien, pour toujours. »

Une onde de choc me traversa et je m'immobilisai, comme un lapin devant un prédateur, mesurant le danger. Kade ? J'entendais des voix maintenant ? Mes sens étaient-ils si perturbés par la luxure qui coulait dans mes veines, que mon propre corps me jouait des tours ? L'excitation qui m'enveloppait se glaça un moment, puis revint avec une force renouvelée. Je tirai sur mes liens, me concentrant pour les mettre en pièces, pour me délivrer et arracher enfin le bandeau de soie noire qui me couvrait les yeux. Je devais voir qui se tenait devant moi...

« Kade ?

— Chut, plus un mot. Sa main glissa sur mon bras dénudé et détendit mes mains et la tempête montant dans mes muscles. Oui, c'est moi. »

Le cœur au bord de l'explosion, j'avais l'impression que je ne pouvais plus compter sur mon traître de corps. J'étais bien trop excitée, bien trop hors de contrôle pour arriver à croire ce que me disaient mes sens.

« Prouve-le. »

Il mordilla mes lèvres et répondit dans un souffle : « Tu es venue vers moi, en passant par la fenêtre de ta chambre d'étudiante, comme un ange, ta chemise de nuit blanche flottant autour de toi ; tu étais mienne déjà et tu l'es toujours maintenant. Je l'ai su dès la première fois où je t'ai touchée, dans ta petite robe rose, sur le bord de la route. »

C'était lui, et cette fois, lorsque je prononçai son nom une nouvelle fois, je fus submergée par le soulagement, le bonheur et l'impatience. C'était lui et il était là, avec moi, au-dessus de moi.

D'un seul coup, je sentis ses doigts replonger à l'intérieur de moi, pendant que la paume de sa main frottait sur mon clitoris et qu'il me baisait la bouche de sa langue sur le même rythme. Je prononçai une fois encore son nom, cette fois en gémissant et je jouis dans ses bras, m'autorisant la jouissance maintenant que je savais dans les bras de qui je me trouvais, qui me touchait et demandait ma soumission.

Mon petit cri fut capturé par ses lèvres, alors qu'il continuait son mouvement de piston, me poussant dans l'extase une fois de plus. Tremblante de la tête aux pieds, je gémis de protestation quand ses doigts se retirèrent et me laissèrent vide et pulsante de désir d'être emplie à nouveau. J'en voulais davantage. J'avais besoin d'être possédée.

Ses baisers descendirent plus bas, sur mes seins. Il suça un téton dans sa bouche, puis l'autre, me tourmentant de plaisir jusqu'à ce que je me débatte et que je me tortille sous lui.

« Kade, je t'en prie. »

Chaude et mouillée, sa langue descendit pour titiller la zone sensible autour de mon nombril, puis les courbes généreuses de mes hanches. Il écarta les pans de ma robe et me dénuda totalement.

« Tu me désires, Lily ?

— Comment peux-tu me demander ça. Je n'attends que ça !

— Mais tu es vierge. Tu veux non seulement que je te revendique, mais tu désires en plus m'offrir ce précieux cadeau ? »

Ses mots respectueux glissèrent sur moi, comme le bout de ses doigts et la douceur de ses lèvres.

« Oui ! »

Je me tournai, testant la solidité de mes liens une fois encore, prenant conscience que je pourrais les briser si j'y mettais toute ma force. J'avais envie de plonger ma main dans ses cheveux. J'avais envie de sentir la force de ses épaules et les muscles de son dos lorsqu'il me pénétrerait, qu'il m'emplirait, me posséderait pour la première fois et me ferait sienne pour toujours.

« J'ai envie de te toucher.

— Pas encore. »

Ses mains écartèrent largement mes cuisses et je le sentis s'agenouiller devant moi, ce qui lui offrait un point de vue imprenable sur ma chatte. L'air froid de la nuit soufflait sur la zone sensible, soulignant à quel point j'étais exposée et offerte à sa vue. Il voyait tout de moi, entendait tout, sentait tout.

« Tu es si magnifique. »

La main posée sur l'intérieur de ma cuisse glissa doucement pour continuer son exploration douce. Mais je ne voulais pas de douceur. J'en voulais *plus*, j'avais besoin d'être baisée, de savoir à qui j'appartenais. J'avais besoin de le sentir me dominer, plonger sa verge en moi et me faire sienne.

« Je t'en prie.

— Dis mon nom. »

Il m'élargit lentement, me pénétrant de trois doigts à la fois, pour me préparer à sa queue, pendant que du pouce de l'autre main, il caressait mon clitoris pulsant de désir.

« Kade. »

Je remuai sous ses doigts, essayant de l'enfoncer plus encore en moi, de ressentir davantage.

« Encore. »

Il commença à imprimer un mouvement de va-et-vient avec ses doigts, plus fort cette fois, le bout de ses doigts touchant même le col de mon utérus. Il était chaud, si chaud. La chaleur qui dégageait son corps s'étendait à plusieurs dizaines de centimètres de lui, comme un feu de camp. Elle fit fondre ma résistance, m'enveloppant dans un sentiment de luxure absolu.

« Kade. Je t'en prie. »

Le grognement dans ma voix me surpris moi-même, mais je n'avais pas à me retenir, je n'avais pas à maîtriser mon côté sauvage, ni le désir intense que je ressentais pour lui. Au lieu de cela, je me décidai à laisser se déchaîner la passion que je savais tapie au fond de moi, dans un endroit sombre, que je n'avais encore jamais osé explorer. J'arrêtai de résister et le laissai voir jusqu'à mon âme en lui suppliant encore et encore de me prendre, de me baiser et de me faire jouir.

Dans un grognement sourd, il baissa sa tête vers ma chatte et commença à lui donner de grands coups de langue, me dévorant, me goûtant avec sa langue, jusqu'à ce que je jouisse à nouveau, prononçant son nom entre deux sanglots, spiralant de plus en plus haut dans le plaisir, jusqu'à perdre tout contrôle. J'étais folle de désir, submergée par un besoin violent et animal. Rien ne pourrait me satisfaire, à part sa verge enfoncée jusqu'à la garde en moi, baisant ma chatte aussi fort qu'il le pouvait, m'emplissant de sa semence et me possédant, une bonne fois pour toutes.

Dans un grand cri, j'arrachai les liens qui maintenaient mes mains liées, arrachai mon bandeau et plongeai mes doigts dans ses cheveux, le retenant contre moi, pendant que sa langue continuait à s'enfoncer rythmiquement en moi et que son grognement sourd résonnait contre mon clitoris, comme un vibro réglé à la puissance maximum.

Un autre orgasme me traversa, menaçant de me rendre folle. Je le voulais en moi. *Tout de suite !*

Je savais que mes yeux devaient avoir pris une lueur animale et je sentis une force surhumaine m'envahir soudain. Je plongeai en avant et roulai sur lui pour me mettre dessus. Mais ma victoire fut de courte durée, car il enroula ses bras autour de moi et roula sur moi une fois encore pour me plaquer contre le matelas. Sa verge dure, pressée contre ma vulve. Je donnai de grands coups de hanche, désespérée.

Pour toute réponse, il fit glisser son membre sur l'entrée de mon vagin, nous tourmentant tous les deux.

« Dis mon nom, » ordonna-t-il encore, mais cette fois, sa voix était rauque de désir et de l'effort qu'il faisait pour garder le contrôle.

Je ne voulais pas qu'il se retienne, je voulais qu'il soit sauvage.

« Kade.

— Je vais te posséder, Lily. Je revendique ta virginité, ton cœur, ton âme.

— Oui. » dis-je dans un souffle, inclinant mes hanches vers lui.

D'un seul coup, il me pénétra de toute sa longueur, m'écartela de l'intérieur, m'emplissant si totalement que j'eus peur d'exploser de plaisir. Mes muscles intimes se contractaient autour de lui, s'ajustant à sa dimension. Il était si gros, bien plus long et plus épais que ses doigts. Chaud et dur comme de l'acier. Je poussai un petit cri et bougeai mes hanches pour l'accueillir encore plus profond en moi, jusqu'à ce que son corps se mette à trembler au-dessus du mien.

Il resta immobile un court instant, m'embrassa sur la tempe et s'assura que j'allais bien. J'allais très bien. Puis d'un seul coup, son loup prit le contrôle. Il donna tout, ne retint rien et me besogna comme une machine. Les bruits de notre accouplement emplirent l'atmosphère, mélangés à mes cris de plaisir et à ses grognements possessifs. J'ouvris grand les cuisses et frottai mes hanches contre lui, accueillant chacune de ses poussées, avec une des miennes. Nos doigts s'enlacèrent et il bloqua mes mains de chaque côté de mon visage, baissa la tête vers moi et m'embrassa, tout en continuant à plonger en moi, encore et encore.

Sa chaleur s'intensifia encore, une vraie fournaise, jusqu'à ce que je ne puisse presque plus respirer. Une chaleur psychique correspondante commença à monter en moi, venant du cœur, en même temps que mon désir de le posséder à mon tour. Le Lien. Nous n'étions pas humains. Ce n'était pas juste du sexe. C'était un accouplement, une revendication, une possession. C'était sacré, indissoluble et pour toujours.

« Mienne. »

Ses yeux luisaient alors qu'il s'enfonçait toujours plus profond dans ma chair sensible et que je gémissais de plaisir sous ses coups de boutoir. Il sourit et je vis l'éclat de ses dents sous la lumière lunaire. Ses canines étaient plus longues que la normale. Mais je ne pensai pas à ce que cela pouvait signifier, tant le plaisir qu'il me donnait était grand. Mais quand il baissa la tête et que je sentis un éclair de douleur à la jonction de mon cou et de mon épaule, je sus la vérité.

C'était *ça* la vraie possession. Je hurlai et me tortillai pour échapper de son emprise, mais la douleur disparut aussitôt et une chaleur intense s'épanouit dans mon corps, centrée sur mon entre-jambe et je jouis à nouveau. Ce n'était en rien comparable avec ce que j'avais pu ressentir dans ma vie. Une fusion, comme si une connexion s'était établie entre nous et que je pouvais désormais sentir le plaisir de Kade. Nous ne faisions plus qu'un.

Il était impossible de combattre le tsunami de sensations que ce nouveau lien déclencha en moi, quand nous avons joui tous les deux, dans les bras l'un de l'autre. Je sentis sa verge pulser, loin au fond de moi, m'emplissant et me marquant de sa semence.

Il m'avait possédée, revendiquée. La morsure et sa semence loin au fond de moi en étaient la preuve. Tous les autres mâles pourraient sentir la marque de Kade sur moi et voir la cicatrice sur mon épaule. J'étais sienne. Et, oui ! Il était mien en retour. Sa verge était dure en moi, mais il relâcha la pression de sa mâchoire sur mon cou et lécha ma blessure. Je ne sentais plus aucune douleur. Même si je savais que la marque allait rester, la blessure en elle-même semblait guérir à toute vitesse. Enfin, il leva la tête et plongea ses yeux dans les miens en reprenant sa respiration. Il avait du sang sur les lèvres. Mon sang. Et plus bas, entre mes cuisses, je savais que sa semence s'était mêlée au sang de ma virginité.

Je lui appartenais.

Je savourai la sensation qu'il était à moi pour l'éternité. Aucune autre ne lui ferait tourner la tête et n'aurait le droit de le toucher, d'embrasser sa bouche si parfaite ou de sentir sa verge énorme la besogner et la faire basculer dans l'extase.

Je soupirai et attendis que mon cœur reprenne un rythme normal et que mon corps cesse de fourmiller.

« Je t'aime, Kade. »

Je savais que c'était fou, que je ne le connaissais que depuis quelques jours à peine, mais il avait été là pour moi, il s'était occupé de moi et m'avait fait me sentir en sécurité, belle et désirée. La seule chose que je voyais dans ses yeux pour l'instant, c'était un désir sauvage, de la possessivité. Ce n'était pas de l'amour, mais c'était un bon début.

Toujours enfoncé en moi, il fourra son nez dans mon cou et m'embrassa doucement en remontant vers ma bouche. Elle était toujours gonflée et sensible par ce qu'il lui avait fait subir. Son pouce caressa ma joue.

« Je t'aime, Lily. Tu es mienne à présent et pour toujours. Et je vais m'assurer que tu le saches.

— Mais… »

Soixante secondes plus tôt, j'aurais juré ne plus être capable de bouger, mais alors qu'il remuait sa verge en moi, gonflée et prête à recommencer, une bouffée de désir fit rage en moi. Je bougeai contre lui, le titillant, le tentant, espérant qu'il me ferait crier son nom encore une fois.

Mes yeux devaient avoir pris les couleurs de ma louve, car il gloussa avant de se retirer.

« Quoi ? »

Je me penchai vers lui, mais il secoua la tête et me retourna sur le ventre. Je sentis son sperme couler entre mes cuisses et je sus sans équivoque que je lui appartenais. Ma chatte était endolorie, mais j'adorais la sensation, elle aussi lui appartenait exclusivement désormais.

« Maintenant, mon amour, ta louve va le savoir à son tour. »

Comme si elle pouvait encore en douter.

Ma chatte se contracta à ces mots et sans perdre le moindre instant, il leva mon bassin et me pénétra en levrette. Ma louve hurla de plaisir et un étrange son s'échappa de ma gorge au même moment, le passage était bien lubrifié par sa semence. Je posai ma tête sur le matelas et fermai les yeux, satisfaite de le laisser me prendre ainsi. Pour le moment, le feu sauvage en moi, s'était transformé en chaleur douce et soumise. C'était un loup, un dominant et il m'appartenait. Je pris une grande inspiration et me donnai tout entière à lui. Abandonnant toute résistance. Ma louve en jappa presque de bonheur.

Il me fit l'amour en de longs mouvements doux et mesurés, inclinant mes hanches de manière à pouvoir atteindre cet endroit si délicieux dont je ne connaissais même pas l'existence. Je me mis à miauler comme une chatte, si excitée que je n'arrivais plus à réfléchir à autre chose qu'à écarter un peu plus les cuisses et pousser vers l'arrière, à sa rencontre, pour essayer de le faire accélérer.

Au bout d'un moment, il me prit en pitié et passa sa main entre mes cuisses pour venir caresser mon clitoris, jusqu'à ce que je jouisse à nouveau, chantant son nom.

Il s'enfonça en moi trois fois encore avant de perdre le contrôle à son tour et de me suivre dans l'extase. De longs jets de sperme se déversèrent en moi. Il venait d'apposer sa marque une seconde fois. Satisfait pour l'instant, il se retira sur un gémissement grave et m'attira contre lui. Je posai ma tête contre son torse et laissai la brise fraîche souffler sur ma peau échauffée et sensibilisée. Avec un soupir de satisfaction, je levai la main pour la poser sur sa joue, le poussant gentiment, jusqu'à ce qu'il baisse ses yeux spectaculaires et ambrés vers moi.

« Tu es à moi, Kade. Pour toujours. »

Il me sourit. De ce sourire carnassier que j'aimais tant.

« Oui, Lily et tu m'appartiens en retour. »

Je me redressai sur mon coude, pour l'embrasser avec tout l'amour que je ressentais pour lui. Il laissa mes lèvres douces l'explorer et ma main partir à la découverte des contours des muscles de son torse, de ses abdos... de sa queue dure comme du bois.

La chaleur entre nous se ralluma instantanément et en souriant, je le poussai sur le dos. Il s'était bien amusé avec moi, maintenant, c'était mon tour.

ÉPILOGUE

« Je ne sais pas si j'en suis capable. » dis-je.

Nous étions à la lisière de la forêt, à la tombée du jour et la lumière du soleil couchant se reflétait sur la brume d'été. Tout était magnifique dans cette forêt, elle était si différente des collines douces du Tennessee. Je ne m'étais jamais sentie autant chez moi qu'ici, à Black Falls, je savais pourtant que ça n'avait rien à voir avec l'Idaho, mais que c'était uniquement dû à la présence de Kade à mes côtés. Il était mon point d'ancrage. S'il était à mes côtés, j'étais bien.

« Tu en es capable. Fais confiance à ta louve, » murmura-t-il contre mon cou.

Il était debout derrière moi, les bras enroulés autour de ma taille. Je pouvais sentir son corps tout entier pressé contre le mien et sa verge épaisse, collée contre le bas de mon dos. J'ondulai des hanches pour le taquiner et souris en l'entendant grogner. Se baissant vers moi, il enfouit sa tête dans mon cou, pile à l'endroit qu'il avait mordu deux semaines plus tôt. Ça m'avait laissé une petite cicatrice, une vraie marque, la preuve irréfutable que j'étais une femelle prise. Je savais désormais que tous les mâles de Black Falls pouvaient sentir la marque de Kade sur moi. Moi-même, je pouvais le sentir. Et j'adorais ça, j'avais envie de me rouler dans cette odeur, de me frotter contre lui de haut en bas et de porter ses t-shirts préférés.

« Si tu continues à te frotter à moi comme ça, on ne se transformera jamais.

— Oh ? » lançai-je en souriant, même si je savais qu'il ne pouvait pas voir mon visage.

J'inclinai la tête sur le côté pour lui laisser un meilleur accès à ma nuque. Il connaissait toutes les zones érogènes de mon corps. Tout ce qui m'excitait, enfin m'excitait encore plus, devrais-je dire.

Je n'étais plus en chaleur, mais je désirais toujours autant Kade. Peut-être était-ce parce que j'étais restée vierge longtemps, mais j'étais devenue insatiable. Je voulais sentir ses mains sur moi, sa bouche sur ma peau, sa verge bandée loin au fond de moi.

« Je ne peux rien te refuser, compagne. »

Il plia les genoux et fit glisser sa queue contre ma chatte et remonta entre mes fesses. Même à travers le fin tissu de ma petite robe – il adorait que je porte la robe rose dans laquelle il m'avait sentie pour la première fois – je pouvais sentir les contours de son membre dur avec une grande précision.

Je gémis, désirant davantage, désirant que nous nous retrouvions nus tous les deux. J'adorais qu'il me baise en pleine forêt. Plaquée contre un arbre, ou allongée dans la mousse douce. C'était à la fois sauvage et sacré et ma louve en hurlait presque de plaisir. Moi de mon côté, je ne me gênais pas pour crier le mien.

« Peut-être que tu pourrais me baiser d'abord et qu'après on pourrait courir ? »

Je le sentis secouer la tête, puis il posa ses mains sur mes hanches et me retourna vers lui.

« Tu vas t'élancer en premier. Je vais te prendre en chasse et si je t'attrape, je te baise.

— Ça ne me motive pas vraiment à y aller à fond, répondis-je en riant.

— C'est vrai. »

Ses yeux couleur ambre se plongèrent dans les miens et je pus y lire un désir semblable au mien. Il avait envie de moi, tout de suite. Mais ça faisait déjà une bonne semaine qu'il essayait sans succès de me pousser à me transformer. Aujourd'hui, c'était le moment. Je le savais et je savais aussi qu'il avait raison quand il me reprochait d'essayer de gagner du temps.

« Si je t'attrape en moins de cinq minutes, tu n'auras droit qu'à un seul orgasme. »

Une envie de rire monta irrépressiblement en moi. Oh, il voulait jouer. Un seul orgasme était loin d'être suffisant. Très loin d'être suffisant avec lui, mon compagnon, l'homme qui avait conquis mon corps et mon âme.

« Si je tiens dix minutes, tu devras me bouffer la chatte jusqu'à ce que je te dise d'arrêter. »

Ce fut à son tour de se mettre à rire et il enfouit ses

mains dans mes cheveux. Il inclina ma tête sur le côté et embrassa la marque de morsure dans mon cou pour bien montrer sa domination et sa possession. C'était vraiment de la triche, car mon corps tout entier se mit à fondre contre lui et je n'étais même plus sûre de parvenir à courir cinq minutes, et encore moins dix.

« Tricheur.

— Arrête d'essayer de gagner du temps et transforme-toi. Laisse libre cours à ta vraie nature, Lily. »

Je ne m'étais encore jamais transformée auparavant et je ne savais même pas que j'étais un loup avant la fameuse nuit du rituel de possession. Je l'avais vu se transformer et passer de l'homme magnifique que j'adorais, à un loup noir comme la nuit. Il était grand, son dos m'arrivait à la taille et avec ses crocs acérés, il avait l'air impitoyable. Mais ses yeux me regardaient de la même façon et je savais que c'était Kade et qu'il ne me ferait jamais de mal. Il n'utiliserait ses muscles puissants et ses dents pointues que pour me protéger.

« Et si ma louve est plus petite que ton loup, je n'aurais aucune chance, boudai-je. »

Il sourit et je vis ses canines s'allonger.

« J'ai une nouvelle pour toi compagne, tu n'as aucune chance contre moi de toute manière. Je t'attraperai, toujours. »

Cette dernière phrase sonnait plus comme une promesse qu'une menace et ma louve s'ébroua, excitée et prête à courir. Je pouvais la sentir, prête à émerger de ma peau. Je la combattais depuis un long moment déjà, la retenant, trop effrayée pour la laisser sortir. Il était temps d'arrêter d'être lâche. Et avec Kade à mes côtés, je savais que j'y arriverais.

« D'accord, dis-je dans un soupir. On y va. »

Il relâcha son emprise sur mes hanches et je fis un pas en arrière. Puis un autre.

Je me saisis de l'ourlet de ma robe et la passais au-dessus de ma tête d'un seul mouvement avant de la laisser choir par terre.

J'entendis son loup gronder lorsqu'il aperçut mon corps nu. Pourquoi m'embarrasser à porter des sous-vêtements, s'il passait son temps à me les déchirer ?

« Et donc, je dois courir ? » demandai-je avec un petit sourire.

Ses yeux parcoururent tout mon corps.

« Transforme-toi compagne, nous allons courir ensemble cette fois.

— Je t'aime. » lui dis-je, les mots me venant sans la moindre difficulté.

Je vis l'amour et le respect dans ses yeux quand il s'approcha de moi, pris mon visage entre ses mains et effleura mes tétons de ses doigts.

« Ma compagne, mon cœur, dit-il, ses mots chargés d'une grande intensité. »

Il se recula et rompit le contact.

« Je te regarde Lily. Montre-moi ta louve. »

Se transformer ne nécessitait pas de faire un effort conscient, réalisai-je. Il s'agissait plutôt de lâcher le contrôle que je maintenais sur moi-même et de laisser ce que je portais en moi prendre le dessus. Elle était sauvage, puissante, fière et courageuse. Je lâchai tout, arrêtai de vouloir la contrôler et en un instant, tout changea.

J'eus l'impression de tomber en tournoyant, comme en chute libre, jusqu'à ce que la sensation de vertige soit telle, que je doive tomber à quatre pattes par terre pour ne pas m'écrouler de tout mon long. J'atterris sur le sol et sentis la terre dure et le tapis de feuilles sous mes doigts. Le vertige me faisait tourner la tête et je fermai les yeux, craignant de m'évanouir, alors que je sentais du feu parcourir mon corps tout entier, mes os frappés un à un par un arc électrique.

Puis, tout fut terminé.

En ouvrant les yeux, j'eus l'impression de sourire, mais je n'en étais pas sûre. Je baissai les yeux et vis des pattes aux poils bruns tirant sur le roux. Je tournais la tête et découvrit le reste de mon corps. J'étais magnifique, un mélange sauvage d'or et de noir. Regardant autour de moi, je remarquai que les couleurs étaient moins saturées, mais que je pouvais sentir absolument *tout*. Et que je n'avais plus qu'une envie, courir.

Kade tomba à genoux à côté de moi et je réalisai que je le regardais pour la première fois avec mes yeux de louve.

« Tu es magnifique, Lily. »

Il tendit la main pour caresser ma fourrure et ma louve se colla contre sa main puissante, ravie d'être ainsi touchée, caressée, aimée. J'étais si fière, si débordante de joie, qu'un jappement joyeux s'échappa de ma gorge. Kade se mit à rire, ses yeux humains, pétillant de la même joie que celle que je ressentais.

Comment pouvais-je être aussi chanceuse ? Je n'en

avais pas la moindre idée. Je sentais l'amour m'emplir entièrement, toutes mes insécurités, toutes les nuits que j'avais passées seule, furent comme effacées. Kade était à moi. Il m'appartenait, c'était mon compagnon et j'étais bien décidée à lui faire tenir sa promesse.

Je m'étais peut-être transformée en louve, mais mon cerveau fonctionnait parfaitement. Je jetai un œil à sa montre, notai l'heure exacte et mordillai son poignet de mes dents.

J'étais déjà en train de courir qu'il était encore en train de se dévêtir à toute vitesse pour me rejoindre.

Dix minutes. J'entendais bien lui faire tenir sa promesse.

CONTENU SUPPLÉMENTAIRE

Devinez quoi ? Voici un petit bonus rien que pour vous. Inscrivez-vous à ma liste de diffusion; un bonus spécial réservé à mes abonnés pour chaque livre vous attend. En vous inscrivant, vous serez aussi informée dès la sortie de mes prochains romans (et vous recevrez un livre en cadeau... waouh !)

Comme toujours... merci d'apprécier mes livres.

http://gracegoodwin.com/bulletin-francais/

LE TEST DES MARIÉES
PROGRAMME DES ÉPOUSES INTERSTELLAIRES

VOTRE compagnon n'est pas loin. Faites le test aujourd'hui et découvrez votre partenaire idéal. Êtes-vous prête pour un (ou deux) compagnons extraterrestres sexy ?

PARTICIPEZ DÈS MAINTENANT !
programmedesepousesinterstellaires.com

BULLETIN FRANÇAISE

REJOIGNEZ MA LISTE DE CONTACTS POUR ÊTRE DANS LES PREMIERS A CONNAÎTRE LES NOUVELLES SORTIES, OBTENIR DES TARIFS PREFERENTIELS ET DES EXTRAITS

http://gracegoodwin.com/bulletin-francais/

OUVRAGES DE GRACE GOODWIN

Programme des Épouses Interstellaires

Domptée par Ses Partenaires

Son Partenaire Particulier

Possédée par ses partenaires

Accouplée aux guerriers

Prise par ses partenaires

Accouplée à la bête

Accouplée aux Vikens

Apprivoisée par la Bête

L'Enfant Secret de son Partenaire

La Fièvre d'Accouplement

Ses partenaires Viken

Combattre pour leur partenaire

Ses Partenaires de Rogue

Possédée par les Vikens

L'Epouse des Commandants

Une Femme Pour Deux

Traquée

Emprise Viken

Rebelle et Voyou

Le Compagnon Rebelle

Partenaires Surprise

Programme des Épouses Interstellaires Coffret - Tomes 1-4

Programme des Épouses Interstellaires Coffret - Tomes 5-8

Programme des Épouses Interstellaires Coffret - Tomes 9-12

Programme des Épouses Interstellaires Coffret - Tomes 13-16

Programme des Épouses Interstellaires Coffret - Tomes 17-20

Programme des Épouses Interstellaires:

La Colonie

Soumise aux Cyborgs

Accouplée aux Cyborgs

Séduction Cyborg

Sa Bête Cyborg

Fièvre Cyborg

Cyborg Rebelle

La Colonie Coffret 1 (Tomes 1 - 3)

La Colonie Coffret 2 (Tomes 4 - 6)

L'Enfant Cyborg Illégitime

Ses Guerriers Cyborg

Programme des Épouses Interstellaires: Les Vierges

La Compagne de l'Extraterrestre

Sa Compagne Vierge

Sa Promise Vierge

Sa Princesse Vierge

Les Vierges L'intégrale

Programme des Épouses Interstellaires: La Saga de l'Ascension

La Saga de l'Ascension: 1

La Saga de l'Ascension: 2

La Saga de l'Ascension: 3

Trinity: La Saga de l'Ascension Coffret: Tomes 1 – 3

La Saga de l'Ascension: 4

La Saga de l'Ascension: 5

La Saga de l'Ascension: 6

Faith: La Saga de l'Ascension Coffret: Tomes 4 - 6

La Saga de l'Ascension: 7

La saga de l'Ascension: 8

La Saga de l'Ascension: 9

Destiny: La Saga de l'Ascension Coffret: Tomes 7 - 9

Programme des Épouses Interstellaires: Les bêtes

La Bête Célibataire

La Bête et la Femme de Chambre

La Belle et la Bête

ALSO BY GRACE GOODWIN

Starfighter Training Academy

The First Starfighter

Starfighter Command

Elite Starfighter

Interstellar Brides® Program: The Beasts

Bachelor Beast

Maid for the Beast

Beauty and the Beast

The Beasts Boxed Set

Interstellar Brides® Program

Assigned a Mate

Mated to the Warriors

Claimed by Her Mates

Taken by Her Mates

Mated to the Beast

Mastered by Her Mates

Tamed by the Beast

Mated to the Vikens

Her Mate's Secret Baby

Mating Fever

Her Viken Mates

Fighting For Their Mate

Her Rogue Mates

Claimed By The Vikens

The Commanders' Mate

Matched and Mated

Hunted

Viken Command

The Rebel and the Rogue

Rebel Mate

Surprise Mates

Interstellar Brides® Program Boxed Set - Books 6-8

Interstellar Brides® Program Boxed Set - Books 9-12

Interstellar Brides® Program Boxed Set - Books 13-16

Interstellar Brides® Program Boxed Set - Books 17-20

Interstellar Brides® Program: The Colony

Surrender to the Cyborgs

Mated to the Cyborgs

Cyborg Seduction

Her Cyborg Beast

Cyborg Fever

Rogue Cyborg

Cyborg's Secret Baby

Her Cyborg Warriors

Claimed by the Cyborgs

The Colony Boxed Set 1

The Colony Boxed Set 2

Interstellar Brides® Program: The Virgins

The Alien's Mate

His Virgin Mate

Claiming His Virgin

His Virgin Bride

His Virgin Princess

The Virgins - Complete Boxed Set

Interstellar Brides® Program: Ascension Saga

Ascension Saga, book 1

Ascension Saga, book 2

Ascension Saga, book 3

Trinity: Ascension Saga - Volume 1

Ascension Saga, book 4

Ascension Saga, book 5

Ascension Saga, book 6

Faith: Ascension Saga - Volume 2

Ascension Saga, book 7

Ascension Saga, book 8

Ascension Saga, book 9

Destiny: Ascension Saga - Volume 3

Other Books

Their Conquered Bride

Wild Wolf Claiming: A Howl's Romance

Dragon Chains

CONTACTER GRACE GOODWIN

Vous pouvez contacter Grace Goodwin via son site internet, sa page Facebook, son compte Twitter, et son profil Goodreads via les liens suivants :

Abonnez-vous à ma liste de lecteurs VIP français ici :
bit.ly/GraceGoodwinFrance

Web :
https://gracegoodwin.com

Facebook :
https://www.visagebook.com/profile.php?id=100011365683986

Twitter :
https://twitter.com/luvgracegoodwin

Goodreads :
https://www.goodreads.com/author/show/15037285.Grace_Goodwin

Vous souhaitez rejoindre mon Équipe de Science-Fiction pas si secrète que ça ? Des extraits, des premières de

couverture et un aperçu du contenu en avant-première. Rejoignez le groupe Facebook et partagez des photos et des infos sympas (en anglais). INSCRIVEZ-VOUS ici :
http://bit.ly/SciFiSquad

À PROPOS DE GRACE

Grace Goodwin est journaliste à USA Today, mais c'est aussi une auteure de science-fiction et de romance paranormale reconnue mondialement, avec plus d'un MILLION de livres vendus. Les livres de Grace sont disponibles dans le monde entier dans de nombreuses langues en ebook, en livre relié ou encore sur les applications de lecture. Ce sont deux meilleures amies, l'une qui utilise la partie gauche de son cerveau et l'autre qui utilise la partie droite, qui constituent le duo d'écriture récompensé qu'est Grace Goodwin. Toutes les deux mamans, elles adorent faire des escape games, lire énormément, et défendre vaillamment leurs boissons chaudes préférées. (Apparemment, elles se disputent tous les jours pour savoir ce qui est le meilleur : le thé ou le café?) Grace adore recevoir des commentaires de ses lecteurs.

www.ingramcontent.com/pod-product-compliance
Lightning Source LLC
LaVergne TN
LVHW011845060526
838200LV00054B/4176